www.tredition.de

AF217287

www.tredition.de

**Bibliographische Informationen der Deutschen National-bibliothek**
Die Deutsche Nationalbibliothek verzeichnet diese Publikation in der Deutschen Nationalbibliografie; detaillierte bibliografische Daten sind im Internet über http://dnb.de abrufbar.

Ulf Häusler
Hurra – wir kriegen eine neue Küche
ISBN Paperback:    978-3-347-02661-2
ISBN e-Book:       978-3-347-03395-5
Cover-Gestaltung: Regina Häusler
www.art-regina-haeusler.de
Technisches Layout: Jochen Zeller

1.Auflage


© 2020 Ulf Häusler
Verlag und Druck:
tredition GmbH
Halenreie 40 - 44
22359 Hamburg

Hurra – wir kriegen eine neue Küche

Für Regina,
die sich eine neue Küche wünschte
und
für Linde,
die ein wenig traurig ist, weil sie nun doch keine Geschirrspül-
maschine hat

ULF HÄUSLER

# HURRA – WIR KRIEGEN EINE NEUE KÜCHE

Eine (fast) wahre Geschichte

# Inhalt

## Vorwort

Um es gleich vorweg zu sagen - eigentlich ist der Titel dieses Buches falsch. Oder besser gesagt, er ist unvollständig. Denn wir bekamen nicht nur eine neue Küche, sondern auch ein neues Bad. Und damit nicht genug – die vom winterlichen Regen infolge einer nicht ganz kunstgerecht angebrachten Außentreppe ziemlich durchweichte Wohn- und Esszimmerwand musste auch erneuert werden. Also handelt es sich nachfolgend in dem Buch um drei Dinge, die zur Erneuerung anstanden.

Aber dies in einem Titel unterzubringen? Ich habe es versucht.

Der Titel hätte z. B. lauten können „Aller guten Dinge sind 3" oder „Bad und Küche neu" oder „Hurra – Bad und Küche neu" und, und, und. Aber würde sich, liebe Leserin, lieber Leser, bei erstgenanntem Titel bei Ihnen eine Assoziation zu einer Bad-und/oder Küchenerneuerung einstellen? Wohl eher nein. Und bei einem Titel wie „Bad und Küche neu" würden Sie ganz sicher weniger an eine heitere, zuweilen melancholische Geschichte denken, sondern eher an eine Immobilienanzeige, mit der trostreich eine verkommene Wohnung oder ein desolates Haus ein wenig aufgepeppt werden sollen.

Und so ist es bei dem unvollständigen Titel geblieben, was Sie mir hoffentlich gütigst nachsehen.

# 1. Kapitel

Wieso es eigentlich zu der Anschaffung kam, konnte keiner von uns im Nachhinein mehr so richtig nachvollziehen. Klar, natürlich kam die Idee von Gina (müssen Sie Dschina aussprechen) und ganz sicher nicht von mir. Weil ich nur selten Ideen habe und gute schon mal gar nicht.
Ok, ich will mein Licht nicht unbedingt unter den Scheffel stellen. Als ich noch täglich unsere Brötchen verdienen musste, hatte ich schon welche, manchmal wenigstens und meine Chefs waren wohl sogar der Meinung, dass sie gut seien (ich meine die Ideen und nicht die Brötchen), weil ich wohl sonst kaum ganz oben in meinem Konzern gelandet wäre. Aber Ideen, die unser Privatleben betreffen und da erst recht den Haushalt, sind mir – wohlwollend formuliert - ziemlich fremd. Oder etwas pointierter gesagt, bin ich da ganz sicher nicht die hellste Kerze auf der Torte. Und so etwas wie eine neue Küche war ohnehin stets weitab von meinem Vorstellungsvermögen, zumal Gina eine großartige Köchin ist, ihr das Kochen obendrein auch noch Spaß macht. Mir schmeckt das, was sie in ihrer Küche produziert, stets hervorragend und wie sie das zuwege bringt, was dann in unsern Bäuchen landet, ist mir eigentlich nie wichtig gewesen. Folgerichtig ist auch das Thema Küche ihrs. Und außerdem trage ich deshalb ein kleines Bäuchlein vor mir her.

Klar, es hat, was mein Interesse an dem Thema Küche angeht, auch da Ausnahmen gegeben und ich war ein paar Mal unfreiwillig mit ihm konfrontiert. Das erste Mal anno

1963 als wir frisch verheiratet unsere erste richtige Wohnung bezogen. Einbauküchen gab es damals noch nicht und so erwarben wir seinerzeit einen Küchenschrank – hochmodern, grau meliertes Resopal, unten 3 Türen für Töpfe, Pfannen und Schüsseln, in der Mitte drei Schubladen und oben nochmal drei Türen, hinter denen Teller und Tassen sowie die Vorräte untergebracht wurden. Es waren noch ein Elektroherd – 4-flammig mit Backofen - und ein Kühlschrank hinzugekommen. Ein kleiner Tisch aus dem Fundus meiner Schwiegermama – ausklappbar - und zwei Stühle hatten das Ensemble der ‚Cuisine' vervollständigt. Den Tisch haben wir übrigens heute noch – er ist jetzt Arbeitstisch in Ginas Atelier.

Als wir dann 1965 nach Düsseldorf umzogen, hatte ich mit dem Thema Küche bereits nichts mehr zu tun bis auf die Kleinigkeit, dass ich unsern mitgenommenen Kühlschrank auf Räder montieren durfte, um ihn nachts auf den Flur zu schieben. Der Grund: Die Wohnung war so klein, dass Gina damals auf einer umgebauten Eckbank in der Küche schlafen musste und besagtes Kühlaggregat den Schlaf der Eheliebsten sonst arg beeinträchtigt hätte.

Und – aller guten Dinge sind bekanntlich drei: 1983 zogen wir nach 3 weiteren Umzügen, bei denen ich mit dem ganzen Küchenkrempel nichts zu tun hatte, in ein neu erbautes Reihenhäuschen in Ludwigsburg. Hier erwarben wir unsere erste Einbauküche von Alno, die wir 1992 bei unserm Auszug in unser neu erbautes Heim im Odenwald mit einigen kleinen Umbauten einfach mitnahmen. Aber meine Mitwirkung bei dieser Investition beschränkte sich aufs Bezahlen der Rechnung.

Kurz vorher, genau im Frühjahr 1989 wurden wir dann erstmals in unserm Leben richtig leichtsinnig. Wir kauften uns nämlich eine Ferienwohnung. Zu Hause dagegen wohnten wir (noch) brav zur Miete. Dass sich das dann auch bald änderte, hing ganz schlicht damit zusammen, dass für das in Ludwigsburg angeheuerte Reihenhäuschen mit einem monatlichen Mietzins von 1.100 DM kalt der Mietvertrag auslief. Der Vermieter, dem insgesamt 6 Reihenhäuschen gehörten versicherte uns, dass er uns durchaus zugetan sei und sehr gerne den Vertrag verlängern würde, er allerdings aufgrund der damaligen Zinssituation leider, leider gezwungen sei, die Miete geringfügig zu erhöhen: Er verlangte nunmehr 1.850 DM monatlich. Knapp 69% Mieterhöhung fanden wir ganz schön happig. Heute flippen die Mieter schon bei 10 % fast aus.

Gina wurde damals blass, ich puterrot – nicht aus Zorn, sondern wegen eines leicht erhöhten Blutdrucks. Aber im Grunde genommen hatten wir keine Wahl, d.h. wir mussten akzeptieren, weil der Wohnungsmarkt in Stuttgart so leergefegt war, wie heute in allen großen Ballungszentren. Zumal ein anständiger Schwabe ohnehin schon seinerzeit nicht zur Miete wohnte, sondern selbstverständlich im eigenen Häuschen. Mentalitätsbedingt trug das natürlich zur Verknappung des Mietraumangebots nicht unerheblich bei. Und nicht zuletzt hatten wir noch gut in Erinnerung, dass Gina, bis wir unser Häuschen in Ludwigsburg Hoheneck gefunden hatten, fast ein ganzes Jahr unterwegs gewesen war, bis sie unsere ‚Hütte' endlich aufgetan hatte.

Gut, wir konnten die 1.850 DM so eben grade aufbringen, aber als verantwortungsvolles Familienoberhaupt einer insgesamt damals noch vierköpfigen Familie stellte ich die beinahe schon rhetorisch gemeinte Frage: „Jetzt können wir das ja noch bezahlen und vielleicht reichen eines schönen Tages auch die Altersbezüge noch gerade aus, um die Miete fürs Wohnen aufzubringen – aber wovon wollen wir dann eigentlich leben?"

Nun, die eheliche Diskussion dauerte 10 Minuten, vielleicht auch deren 15, aber dann war es klar: Eingedenk der berühmt-berüchtigten Erkenntnis des einst sehr bekannten Wirtschafswissenschaftlers Prof. Dr. Eugen Schmalenbach ‚Auf Schulden reitet das Genie zum Erfolg‘, war uns klar geworden, dass mit Hilfe eines Bankkredits etwas ‚Eigenes‘ hermüsse. Was Gina wiederum für etwa ein Jahr mit der Suche nach einem geeigneten Objekt in Atem hielt. Erst im Großraum Stuttgart und dann im Süden von Frankfurt (unsere beiden Töchter residierten dort mittlerweile). Und da wir den Odenwald ganz gut kannten und uns die Gegend dort sehr, sehr gut gefiel, erwarben wir dort ein Grundstück und bauten darauf ein Häuschen, das dann zum Umzug besagter Alno-Einbau-Küche führte.

Ich bin ja ein durchaus einsichtiger Mensch, und wenn Gina das hier in Bits und Bytes Formulierte mal lesen wird, steht zu befürchten, dass sie mir (meist leider zu recht) einmal mehr vorhalten wird, dass mein Gedächtnis doch sehr zu wünschen übrig lasse. Also muss ich vorab noch ergänzend anmerken, dass besagte Alno-Küche nur deshalb in Ludwigsburg aus- und in unserm Odenwälder Häuschen eingebaut werden konnte, weil ich gerade, als letzteres bezugsfertig war, malwieder versetzt wurde: Man berief mich in den Vorstand meines Konzerns und der residierte nun mal in Frankfurt (und Berlin) und nicht im Schwabenland. Und damit Sie, verehrte Leserin bzw. verehrter Leser, auch alles richtig nachvollziehen können, ist noch anzumerken, dass unser Haus morgens und abends von Frankfurt aus zwei Autostunden entfernt entstand (Rush-Hour!) und wir deshalb noch eine Wohnung in Frankfurt anmieteten, vor deren Bezug ich die dort bereits vorhandene Einbauküche mit rd. 8.000 DM ablösen durfte. Alles klar?

Wenn nicht – grämen Sie sich bitte nicht zu sehr: Eigentlich kommt es darauf nämlich gar nicht an.

Die mehrfach erwähnte Alno-Küche ist nunmehr stolze 37 Jahre alt. Würden Sie vielleicht auch erneuern wollen? Mitnichten, ich bitte Sie. Als mein Bruder und ich nach dem Tode meiner Eltern deren Haushalt auflösten, war die Küche meiner Mutter - sie stammte noch aus ihrer Aussteuer - stolze 59 Jahre jung – selbstredend kam kein Mensch auf die Idee, solch eine Antiquität durch ein modernes Exemplar zu ersetzen. Nur die elektrischen Geräte wie Herd und Kühlschrank waren 20 Jahre zuvor mal erneuert worden (damals hielten solche Geräte noch so lange!).

Allerdings muss ich zugeben, dass sich die Zeiten inzwischen leicht geändert haben, das menschliche Dasein verläuft erheblich schneller als vor 50 oder gar 75 Jahren. Was von der Logik her zwar blanker Unfug ist, weil die Minute schon immer 60 Sekunden hatte, aber das subjektive Empfinden stimmt ja meistens nicht mit der Logik überein. Und da sich auch die Verhaltensweisen der Gattung homo sapiens verändert haben, erlebt man es heutzutage ziemlich oft, dass Gastgeber(innen) nur zu gern auch ihre Küchen voller Stolz vorführen und wenn wider Erwarten nicht, gewähren sie gleichwohl freien Zutritt in die jeweilige Werkstatt (ich rede von Küchen und nicht von Schlafzimmern!). Und zu meiner großen Freude, wissen die Damen des Hauses mit den modernst ausgestatteten Interieur auch bestens umzugehen, d.h. das kredenzte Essen ist meist recht gut. Wenn auch nicht besser, als mit einer alten Küche. Gina ist dafür vielleicht das beste Beispiel: Als wir in unserer Ludwigsburger Zeit ziemlich oft Leute zum Abendessen einluden, bereitete sie immer 5- bis 7-gängige Menüs. In aller Regel

‚sterneverdächtig'. Mit der Konsequenz, dass die Gegen-
einladungen seltener wurden, bis uns eine Stuttgarterin
dann mal sagte, sie und ihr Mann trauten sich nicht, uns
einzuladen, weil sie nicht so gut kochen könne. Man war
da im Süden mehr auf solide schwäbische Hausmannskost
eingestellt. Immerhin – wir lernten damals, dass der be-
rühmte Schwäbische Rostbraten sehr, sehr unterschiedlich
ausfallen kann. Und einmal wurde uns sogar eine Körper-
verletzung zuteil: Das kredenzte Menu startete mit einem
verwelkten Salat als Vorspeise, wurde mit gekochten (!)
Hähnchenflügeln (!) mit zerkochtem Reis als Hauptgericht
fortgesetzt und kulminierte mit einem Dessert, bestehend
aus Apfelmus mit Spelzen, garniert mit Kaffeesahne. Ich
gebe zu – es handelte sich um  eine (extreme) Ausnahme.
Wir sind da nie mehr hingegangen.

Aber zurück zum Thema ‚Küchenkauf'. Das bei uns eigentlich nie ein Thema war. Und wenn überhaupt, hätte ich
eher gedacht, dass solch eine Erneuerungsinvestition in unserm heimischen Domizil angesagt gewesen wäre. Aber
weit gefehlt, die Frage wurde in unserer Ferienwohnung
virulent. Wobei es Sie vielleicht auch ein wenig interessiert, wie wir überhaupt zu so einem Ding gekommen sind?

## 2. Kapitel

Nun, 1988 hatten Gina und ich unsern Urlaub auf Mallorca verbracht. Sie ging seinerzeit zu einem Edel-Coiffeur in Stuttgart und hatte daselbst in einer Frauenzeitschrift eine sehr noble Herberge namens La Resindencia in Deià ausfindig gemacht. Woselbst sich auch ein Edelrestaurant namens ‚La Perla' befand. Mit Stern und 2 Kochmützen im Guide Michelin. Es wurden sehr, sehr schöne Ferientage. Den Besuch der ‚Kneipe' versagten wir uns allerdings – die Preise waren nämlich so, dass eine Abbuchung vom Eigenkapital für ein dreigängiges Menü fällig gewesen wäre und die Einkommensverhältnisse eines Niederlassungsleiters meines Konzerns leicht überstiegen hätten. Leichtsinnigerweise schwärmten wir gegenüber unserer jüngsten Tochter Linde anlässlich eines Telefonats, wie schön Mallorca sei und lobten es in den höchsten Tönen. Was die Tochter dazu bewog, den Wunsch zu äußern, sich im nächsten Jahr ihren Eltern anschließen zu wollen. Wer kann sich schon dem Wunsche einer 22-jährigen Tochter verschließen, wenn die noch einmal mit den Eltern in die Ferien fahren will? Wir konnten es nicht. Dachten aber unisono: Das Hotel ist viel zu teuer, dem Kind geraten da die Maßstäbe durcheinander.

So suchten wir sogleich eine Ferienwohnung und fanden auch eine in besagtem Künstlerdorf Deià, traumhaft schön, hoch in den Bergen gelegen, Südterrasse zum Meer, Nordterrasse schön schattig zum Pinienwald hin. Die Wohnung war zwar auch nicht billiger als das Hotel, aber es gab in

den Schränken keine Preisliste mit dem Übernachtungs-
preis.

Nun ja – erstens kommt es anders und zweitens als man
denkt. Will heißen, vier Wochen vor Reisebeginn erreichte
uns der Anruf unseres Vermieters, dass er das Haus verkauft habe und wir daher leider nicht kommen könnten.
So gelangten wir ersatzweise 1989 nach Zypern.

Ich war nach dem Tiefschlag über die geplatzte Mallorca-
Reise natürlich stocksauer, aber Gina hatte ziemlich
schnell aus dem Reisebüro einen Stapel Prospekte mitgebracht. Und zwar von der schönen Insel Zypern. Und daselbst vor allem von Pissouri Beach und der dortigen recht
luxuriös wirkenden Hotelanlage namens Columbia Beach.
Es gefiel uns eigentlich recht gut und vor allem – der Chef
des Reisebüros kannte es und hatte es wärmstens empfoh-
len. Und da die Tochter meinte, Mallorca könne sie sich
später auch mal mit einer Freundin (!) anschauen, buchten
wir dort: 3 Wochen für die Damen, 2 Wochen für mich.

Gina und Linde waren schon vorausgeflogen. Per Telefon
berichteten sie, dass es dort so schön sei, dass sie am liebsten noch eine Woche verlängern würden.

Als ich genau eine Woche später nachflog, holten mich
meine zwei Frauen am Flughafen in Paphos ab. Und sie
erzählten mir ohne Pause, was mir alles gleich an Schönem
bevorstehen würde. Immerhin überstanden wir die Taxifahrt lebend, denn unser ‚Driver‘ fuhr die kurvenreiche,
überwiegend am Meer entlang führende Old Road in einem
mörderischen Tempo. Ich bat ihn, ein wenig langsamer zu
fahren, aber nachdem er sich mit uns und seinem muse-
umsreifen Alt-Mercedes 220 D an einem Berg, obendrein
mit Kurven, an einem Laster vorbeigezwängt hatte, nahm
er sein altes Tempo wieder auf. Gina und Linde rührte das

komischerweise überhaupt nicht, während ich allmählich schweißgebadet war – ob aus Angst oder wegen der Hitze reflektierte ich nicht, denn die schöne Landschaft wollte ich auch gleich ein wenig in mich aufnehmen. Nach genau 25 Minuten waren wir vor dem Hotel angekommen. Mir hatte sich die Fahrzeit irgendwie ins Gedächtnis gebrannt. Und als ich sehr viel später die Strecke selbst fuhr, brauchte ich für die 35 km genau 30 Minuten. Und ich war, sehr zu Ginas Leidwesen, auch ein ziemlich flotter Fahrer.

Ich entlohnte den Menschen. Linde schnappte sich den väterlichen Koffer und gleich an der Rezeption wurde ich von einer schwarzen Schönheit, offenbar der Concierge, strahlend begrüßt. „Welcome Doctor. Did you have a nice trip? Enjoy your stay."

Ich kannte ja schon eine ganze Menge an Hotels, auch ein paar Suiten, aber die hier war wirklich etwas Besonderes. Blick auf den Pool mit dem dahinterliegenden Meer, alles in strahlende Sonne getaucht, unsere ‚Herberge' erwies sich als perfekt und sehr geschmackvoll eingerichtete 3-Zimmer-Wohnung, in der auch ich mich ausgesprochen wohl fühlte. Dass der Wohlfühlfaktor alsbald durch sehr ernste Überlegungen getrübt werden würde, ahnte ich da noch nicht.

Als Familienoberhaupt ließen mich meine zwei Hübschen am nächsten Morgen tatsächlich den Tagesablauf bestimmen. So waren Schwimmen und Faulenzen angesagt. Gina warnte mich.

„Ok. Wirst Dich aber wundern, das Wasser ist noch recht kühl. Aber die Sonne wärmt ja hinterher."

Fünf Minuten vom Hotel entfernt war schon kein Mensch mehr zu sehen, weil es dort keine Liegen mehr gab. Ich hatte ein Mäuerchen erspäht und setzte mich unter einen kleinen Baum, von dem aus es nur zehn Meter bis zum

Wasser waren. Der Platz gefiel mir ausnehmend gut, weil ich gleich hinter mir einen kleinen Weg erspäht hatte, der zu einer Taverne führte.

„Schön hier, gelle? Da haben Ma und ich auch schon gesessen." stellte Linde fest, sich neben mich setzend – Gina platzierte sich auf der anderen Seite von mir.

„Was wohl Sandel grad macht? Wieso ist die nicht auch hier?" Als Vater zweier Töchter erkundigte ich mich nach dem Verbleib unserer Erstgeborenen, einen Arm um Gina, den anderen um Linde gelegt.

„Lass mal, die ist sicher ganz froh, es daheim ‚sturmfrei' zu haben. Und da Du ja nur zwei Arme hast, kämen wir sonst zu kurz." Gina denkt immer ganz praktisch. Und Linde lächelt so ein wenig versonnen.

„Wenn Du mich jetzt loslassen und ganz auf Deine Frau konzentrieren würdest, indem Du beide Arme um sie herumwickelst, könnte ich schon mal ins Wasser."

Kaum war sie außer Blickweite, stellte ich fest: „Süß und proper. Die ist ja schon richtig erwachsen."

Gina lachte mich an:

„Du merkst aber auch alles. Und falls die Erkenntnis für Dich neu sein sollte – das ist sie schon länger. Und damit Du obendrein nicht groß rumrätseln musst: Dass es zweierlei Menschen auf Erden gibt, weiß die auch schon ein Weilchen. Sie ist nämlich schon 23, falls Dir das entgangen sein sollte"

„Wie – Du meinst…."

„Ach Du Lieber Du, Ja, ich meine. Aber klar, Du merkst ja nie was. Wie bei unserer Großen auch. Wolltest Du nicht auch ins Wasser?"

Das Wasser war wirklich noch ganz schön frisch. Gina blieb auf dem Mäuerchen sitzen, aber Linde war sofort bereit, mit mir noch einmal raus zu schwimmen. Als wir zurückkamen, froren wir beide um die Wette.

„Umdrehen!" rief Linde und schon war sie pudelnackt und rubbelte sich trocken. „Umdrehen!" rief ich daraufhin zu Linde. Die aber nur unverschämt grinste und sich natürlich nicht abwendete.

Als wir wieder trockene Sachen anhatten, meinte sie nur ganz kurz und bündig:

„Für Dein Alter siehst Du noch ganz passabel aus. Überall." und grinste wieder richtig frech dabei.

„Sag mal, Gina, ist das Töchterlein gerade frech?"

Weil beide anfingen zu lachen und eine Antwort auf meine Frage ausblieb, ging ich den kleinen Hügel hoch in Richtung der Taverne.

„Ihr könnt ja nachkommen, wenn Ihr wollt. Ihr wollt Euch ja sicher erst einmal ohne mich unterhalten."

„Geh nur." war die knappe Antwort – sie kam im Duett.


Am dritten Tag unserer gemeinsamen Ferien liefen wir nach der mittäglichen Siesta ein wenig am Strand entlang, bogen dann aber ab auf einen Feldweg und landeten prompt auf der Hauptstraße.

„Lasst uns doch da auf den andern Berg raufgehen." Linde hatte offenbar noch viel Power.

Als wir nach etwa fünfzehn Minuten auf halber Höhe angelangt waren, erspähten wir eine sehr schöne Feriensiedlung, offenbar alles in Privateigentum. Auf der anderen Seite eine weitere Siedlung im Bau.

Es war schon spät geworden, aber Linde und Gina waren nicht zu bremsen – sie wollten unbedingt die Baustelle erkunden. Zwar war das Betreten so wie zu Hause auch, laut diverser angebrachter Schilder streng verboten, aber die Kenntnis der englischen Sprache schmolz in Anbetracht der halbfertigen Bebauung auf null.

Nichtsahnend gab ich zu erkennen, dass ich unser kleines Abenteuer auf verbotenem (Bau-)Gelände recht spannend fand, weil man von den im Bau befindlichen Gebäuden einen traumhaft schönen Blick aufs Meer hatte. Und da die Sonne gerade unterging, war alles noch viel schöner.

Beim abendlichen Diner schauten beide in einer Mischung von komisch über nachdenklich bis versonnen.

„Was habt Ihr denn?" fragte ich.

„Das war so schön."

„Schon fast unwirklich schön." antworteten erst Gina, dann Linde.

„Ich fand auch, dass es ein herrlicher Tag war." bestätigte ich, vor allem den Vormittag mit Gina allein am Kap denkend. Linde hatte wanden wollen.

Gina sah mir natürlich an, woran ich dachte.

„Ich meinte eigentlich mehr den Nachmittag und unsern Gang auf den Berg hinauf."

„Ihr schwärmt aber nicht etwa von der Baustellenbesichtigung?" fragte ich ganz vorsichtig.

„Nö, aber für die Häuser, die da gebaut werden." antwortete Linde für ihre Mutter.

Ich beschloss, auf das Thema lieber nicht einzugehen. Die beiden ließen aber nicht locker.

„Morgen gehen wir mal ein wenig früher los."

„Wohin gehen wir da?"

„Wieder auf den Berg. Aber ganz hoch."


Am nächsten Nachmittag starteten wir bereits um drei Uhr. Ich frohgemut und bester Stimmung, die Frauen etwa 20 bis 30 Meter hinter mir.

Als ich die Baustelle passiert hatte und mich umdrehte, waren beide verschwunden. Und wie ich sehr schnell merkte, in der Baustelle. Ich wartete ein paar Minuten und ging dann zu ihnen zurück.

„Wollten wir nicht ganz auf den Berg hinauf, um den Sonnenuntergang zu sehen?"

„Ist hier doch auch sehr schön. Schau doch mal den herrlichen Blick." Manchmal konnte Gina mich richtig ‚anschmachten'. Das machte sie schon damals immer, wenn sie etwas durchsetzen wollte und Widerstand befürchtete. Was ich natürlich wusste. Aber Gina sah dann immer so süß und verführerisch aus, fast so wie ganz früher, als wir uns kennen lernten.

„Also von ganz oben hätten wir einen noch viel schöneren Blick, da müsste man eigentlich die ganze Bucht sehen können."

Auf dem Berg oben angekommen, eröffnete sich uns in der Tat ein atemberaubend schöner Fernblick – weit hinaus aufs Meer, die Bucht vor uns und wir sahen sogar unsere Hotelanlage – klein und niedlich, wie in einer Spielzeuglandschaft.

Wir setzten uns auf einen Stein. Linde sprach als erste wieder:

„Och ist das hier schön. Eigentlich ist es nur noch an meinem Baum an der anderen Seite der Bucht ganz oben schöner. Da gehen wir auch noch alle mal hin. Paps, das musst Du unbedingt auch sehen."

„Können wir ja vielleicht morgen machen?"

Erneutes Schweigen. Dann meinte Gina plötzlich, einen Arm um mich legend: „Das wäre schön, hier immer herfahren zu können."

„Warum nicht? Wir können von mir aus hier auch öfter Ferien machen."

„Das meine ich nicht. Oder doch – nein ich meine es anders. Ich fände es toll, wenn wir hier ein richtiges Zuhause hätten. Was ganz Richtiges, das nur uns gehört."

Gina blickte ganz versonnen in die Landschaft, dann etwas fragend zu mir. Linde lächelte vor sich hin.

„Meinst Du das wirklich?" rutschte mir meine Frage raus, die ich eigentlich gar nicht hatte stellen wollen, aber nun war es zu spät. Eigentlich hätte ich viel lieber gesagt ‚Vergiss es.' oder irgendetwas anderes, unverbindliches, auf jeden Fall etwas, das den Vorschlag von Gina nicht so positiv begleitet hätte.

„Ich fände das herrlich. Denk mal an unsere Urlaube – immer der Stress, wie die Zimmer sind, wie die Lage des Hotels ist, bekommt uns das Essen und so. Und mit was Eigenem - da hätten wir dann richtig so eine zweite Heimat."

„Ich würde auch immer herkommen und Sandel ganz bestimmt auch. Pass mal auf – da drängeln wir uns noch, wer, wann, wie lange kommen darf." ließ sich Linde vernehmen.

„Habt Ihr Euch etwa abgesprochen?" fragte ich mit ernster Miene.

„Nööö!" antworten die Zweie wie aus einem Munde.

„Also auf zur Baustellenbesichtigung Nummer ‚zwo' " beendete ich die Unterhaltung stand auf und lief den Berg hinunter.

Wieder kraxelten wir in den Gemäuern herum. Und sahen uns schon als Besitzer einer der Villen.

Wenige Tage später war ich weich geworden. Meine zwei Frauen hatten sich nicht einmal groß anstrengen müssen, mich zu überreden.

Die frei stehenden Villen waren alle längst verkauft, wir hätten ein Reihenbungalow bekommen können, den aber in ‚Reihe 2', also ohne Fernblick und so entschieden wir uns für eine Erdgeschoßwohnung mit knapp 80 m$^2$ Wohnfläche mit einem großen Garten, und 2 Terrassen, die südwestliche mit unverbaubaren Fernblick aufs Meer.

Einen Tag lang war ich geistig weggetreten', d.h. mir war die Sache wie ein Mühlrad im Kopf herum gegangen. ‚So etwas rechnet sich nie im Leben. Bezahlen könnten wir so ein Ding zwar sicher. Wirklich? 100.000 DM sind das Limit. Aber auf die gibt's momentan 8% Zinsen, die sind dann weg. Was kosten eigentlich die Urlaube der Familie? Müsste man gegenrechnen...' waren die recht ungeordneten Gedanken, die mir so spontan zu dem Thema kamen.

Nachdem ich mich durchgerungen hatte, nicht mehr wie hypnotisiert in den vermeintlich finanziellen Abgrund zu schauen, sondern zur Abwechslung mal zu springen, wandte ich mich Gina und Linde zu:

„Ihr lasst mich jetzt am besten mal in Ruhe. Ich muss das alles mal durchrechnen. Was haltet Ihr davon? Aber vorher ordert Ihr mir bitte noch einen Cyprus Coffee, aber einen doppelten. Ok?"

Ich hatte mich auf die kleine Terrasse unserer Suite zurück-rückgezogen. Und gerechnet. Das ‚Objekt der Begierde' sollte umgerechnet 115.000 DM kosten. Und für die Einrichtung würden wohl noch 25.000 hinzukommen. Es würde gehen, war das Resultat meiner Berechnungen.

Abends präsentierte ich stolz mein Werk, Gina gab mir daraufhin strahlend einen richtigen Kuss, Linde strahlte nicht weniger, gab mir zwei Küsschen auf die leicht kratzigen Wangen. Als Gina mich küsste, hatte das Töchterlein genau hingeschaut und machte „Ts, Ts, ts." Und ergänzte grinsend „Paps, das war jetzt aber ein richtiger Bakterienschub. Und im Übrigen: Du bist schlecht rasiert."

Abends im Bett bin ich dann noch einmal ‚weggetreten': Ich, Ulf Helge Häusler, hatte mir mal geschworen, nie, nie und nie ein Haus zu kaufen – ich wollte nicht so einen Klotz am Bein haben. Lieber ordentlich etwas auf dem Konto. Oder im Depot. Besser in beiden. Und jetzt das hier? Quasi ein Sündenfall, nur weil wir alle es hier so schön fanden? Mensch Ulf, sei und bleib vernünftig.' ‚Stell Dich nicht so an.' flüsterte die andere Stimme in mir. ‚Zahlen kannst Du das doch ‚mal eben so'. Gut, es reißt ein Loch auf dem Konto bzw. ins Depot, aber keins im Budget…'

Gina hatte es bemerkt. Und flüsterte mir zu – Linde sollte nichts mitbekommen:

Ich weiß wie schwer Dir das fällt. Aber ich finde es richtig gut, dass Du da über Deinen Schatten springst."

„Ich auch. Und ein schlechtes Gewissen habe ich trotzdem. Weißt ja, wieso."

Gina setzte sich auf einmal im Bett auf, kuschelt sich dann an mich – und später lag sie mit ihrem Kopf auf meinem Bauch und wir schliefen so ein.


Mein schlechtes Gewissen wegen des Kaufs wollte trotzdem erst einmal keine Ruhe geben. Ich war von meinen Eltern nun mal so erzogen worden: Immer schön bescheiden bleiben, eisern sparen und ja nicht über die Stränge hauen. Erst als ich drei Jahre zuvor die Position als Leiter einer großen Niederlassung erreicht hatte und damit Präsident einer Bahndirektion geworden war, wurde mir so etwas wie Akzeptanz durch meinen Vater zuteil.

Er war inzwischen gestorben, aber ich wusste genau, dass er den Erwerb eines Feriendomizils missbilligt hätte. Aber ich wollte auch hier bewusst einen ‚Schnitt' machen, auch wenn der alte Herr mir nichts mehr sagen konnte.

Gina kannte die Beziehungs-Odyssee zu meinen Eltern natürlich bestens und dass sie jetzt versuchte, mir mein schlechtes Gewissen ein wenig zu nehmen, tat mir richtig gut.

Am Tage darauf war der Chef des gesamten Bauvorhabens tatsächlich da. Was bei einem Zyprioten keineswegs selbstverständlich ist. Deutsche Handwerker sind ja schon ein Fall für sich. Immerhin pflegen die, wenn sie vormittags ihr Kommen angesagt hatten, wenigstens am Nachmittag aufzukreuzen, aber in Zypern heißt ‚morgen' durchaus auch mal ‚irgendwann in der nächsten Woche'. Doch wenn es sich um größere Beträge handelte, wozu offenbar der Kauf einer Wohnung zählte, entpuppte sich auch ein zypriotischer Baulöwe als disziplinierter Mensch.

Unserer machte obendrein sogar noch einen recht sympathischen Eindruck. Vor allem in Saudi-Arabien war er bestens im Geschäft. Unter anderem berichtete er, dass er die Ferienanlage mehr so nebenbei baue. Er selbst hatte sich in der bereits fertig gestellten Anlage eine traumhaft schöne Villa für sich und seine Familie errichtet – wenn er auf Zypern war, pflegte er dort regelmäßig seine verlängerten Wochenenden von Donnerstag bis Montag zu verbringen.

Nach der Paraphierung des Vertrages hatte ich wieder einen aufregenden Nachmittag vor mir. Wenigsten verstehen musste ich ja den Inhalt des Vertrages, der auf Englisch abgefasst war. Und dann kam mir die Idee, den Chefjustitiar eines befreundeten Unternehmens zu befragen. Ich faxte ihm die 40 Seiten nach Deutschland.

Um elf Uhr abends brachte mir eine Hotelangestellte ein Fax des Herrn in unsere Suite. In einem Satz: ‚Auf keinen Fall kaufen, in Zypern gibt es keine Grundbücher, es gibt keine Sicherheiten und eine Eintragung ins Lands-Register kann Jahre dauern.'

Die Antwort wirkte nicht gerade erheiternd. Ich zeigte sie Gina und auch Linde. Gina lächelte ein wenig und meinte dann:

„Typisch Jurist. Die haben immer Angst vorm Springen. Denk an Deinen Bruder. Prima Anwalt. Aber hätten wir auf ihn bei unserm ersten Mietvertrag gehört, würden wir wahrscheinlich heute noch in einem Zelt im Garten bei Deinen Eltern kampieren. Ich finde die Antwort zwar ehrlich, aber auch irgendwie positiv. Ich übersetz das mal in meine Sprache: ‚Ihr könnt ruhig kaufen, aber wenn Ihr dann mal irgendein Problem haben solltet – ich habe Euch ja gewarnt.‘ Was meinst Du wohl, wie all die anderen Leute hier ihre Häuser und Wohnungen gekauft haben?"

Also in solch geschäftlichem Kram war Gina bisweilen richtig gut – im Grunde genommen hatte sie, wie so oft – den Nagel auf den Kopf getroffen.

Ich runzelte zwar noch ein wenig meine Stirn und überlegte dabei fieberhaft, was eigentlich gegen den Kauf spräche, aber mir wollte absolut nichts wirklich Negatives einfallen. Und eigentlich wollte ich die ‚Hütte‘ mindestens so gern kaufen, wie Gina und Linde. Was man ja aber nicht gleich zeigen musste. Und so meinte ich ziemlich lahm:

„Ich habe immer gesagt, ich will nie etwas Eigenes. Der intelligente Mensch wohnt zur Miete und sammelt sein Vermögen auf dem Konto und im Depot. Und jetzt das hier?"

„Du stellst immer so aufbauend niedliche rhetorische Fragen, richtig süß bist Du. Und nun lernt der liebe Ulf gerade was." Gina lächelte mich geradezu aufreizend milde an.

Also knurrte ich ein zweites Mal:

„Hm? Was lerne ich da gerade?"

„Niemals niemals zu sagen."

Dann umarmte Gina mich von der einen Seite, Linde strahlte und kam auf die andere Seite und meinte dann so ganz kurz und bündig:

„So ganz stimmt das mit Adam und Eva doch nicht, Paps. Ma verführt Dich zwar gerade, aber eigentlich schaust Du dabei schon ganz verklärt. Du kaust nämlich soeben den Apfel, und machst ein Gesicht, als ob Du überlegst, ob das Ding schmeckt oder doch ein Wurm drin ist. Aber Du wirst soeben nicht aus dem Paradies vertrieben, sondern bist dabei, Euch eins zu kaufen."

‚Kindermund tut Wahrheit kund.' Der Spruch stimmt offenbar sogar dann noch, wenn so eine Göre schon 23 ist. Ich musste nun auch lachen.

„Also, die Interpretation der Bibel gefällt mir irgendwie, aber im Moment geht es weniger um einen Apfel, als dass ich meine, in meiner Seite zwei sehr hübsche feste Pfirsiche zu verspüren." und grinste Gina dabei ziemlich frech an.

„Paps, nun verstehe ich überhaupt nichts mehr." Linde lächelte dabei und versuchte, ein bewusst unschuldiges Gesicht zu machen.

„Musst Du auch nicht." sagte die Mutter zu Linde, „geh endlich ins Bett. Wir wollen auch noch ins Bad und das möglichst vor Mitternacht."

Am Tage darauf wurde der Kaufvertrag unterzeichnet. Und im März des Folgejahres konnten wir unser Domizil endlich beziehen.

Übrigens erfolgte die Eintragung ins zypriotische Lands-Register tatsächlich erst nach 6 ½ Jahren. Und das auch nur dank anwaltlicher Hilfe.

## 3. Kapitel

Als wir die Wohnung im Frühjahr 1990 abnahmen, bot uns unser Baulöwe, Mr. Pelekanos, sofort auch die Möblierung an. Die mit etwa 2.000 Cyprus Pounds, umgerechnet rund 8.000 DM sogar recht preiswert gewesen wäre. Aber wo wir nun schon teurere Keramikfliesen im Jahr zuvor geordert hatten (statt eines einfachen rötlichen terrazzoähnlichen Bodens), wollten wir das Mobiliar auch nicht ‚von der Stange‘. Was er anbot, waren einfache Pinienmöbel, mit ebenso rötlich schimmernden Polstern und die vorgesehenen Einbaumöbel für Küche und Schlafzimmer auch in Pinie, aber dieses Mal aus billigstem Plastik-Imitat. Wir bedankten uns für sein Hilfsangebot, machten ihm aber klar, dass wir einer individuellen Ausstattung den Vorzug geben würden. Was er locker wegsteckte. Uns aber eine Handvoll Firmen in Limassol nannte, bei denen wir uns auf ihn berufen könnten und dann einen ordentlichen Discount erhielten. In Berlin hätte man es mit den Worten ‚Nachtijall, ick hör Dir trapsen‘ kommentiert.

Ein ganz klitzekleines bisschen hatten wir trotzdem ein schlechtes Gewissen, weil wir in einem seiner etwa 25 Ferienappartements solange mietfrei wohnen durften, bis unsere Möbel geliefert und aufgestellt waren. Aber bei 115.000 DM hielt sich das Unwohlsein in Grenzen.

In zwei seiner von ihm genannten Adressen wurden wir sogar fündig: Für die Schlafzimmer sowie für Waschmaschine, Herd und Kühlschrank, letztere mit einem kleinen

Typenschildchen versehen: Made in DDR. Dafür zu Preisen, für die man in Deutschland Miele-Geräte bekommen hätte. Die Waschmaschine war ein italienisches Fabrikat.

Es blieben zwei Problembereiche – Die Möbel fürs Wohnzimmer und die Kücheneinrichtung.

In der Stadtmitte von Limassol fanden wir – eigentlich per Zufall – einen Raumausstatter, wo wir eine herrliche Couch und einen dazu passenden Sessel fanden. Die Couch sogar zum Umbauen, sodass notfalls zwei Personen auf ihr schlafen konnten. Nach dem Erwerb dieser Möbelstücke fehlte uns noch der Esstisch mit 4 Stühlen, ein Sideboard und ein Couchtisch. Wir fuhren extra noch einmal in die von Pelekanos empfohlene ‚Area' zurück und fanden im 3. oder 4. Anlauf tatsächlich einen Schreiner, der nicht nur ‚klobig' und/oder ‚rustikal' konnte, sondern auch weiße, leicht und modern wirkende Möbel herstellte. Dort bekamen wir den Rest der geplanten Erstausstattung, alles extra nach unsern Wünschen angefertigt und zu Preisen, die uns eben noch erschwinglich erschienen. Offen blieb das Thema Küche.

Gina hatte – wie ja eigentlich immer – die rettende Idee.

„Wir fragen mal Kostas."

Kostas war der Polier des gesamten Bauvorhabens, ein kleiner drahtiger Zypriot, stets in brüllender Lautstärke redend, meist laut mit seinen Arbeitern schimpfend. Man musste nur ins Gelände gehen, einen Moment warten und schon hörte man irgendwo seine laute Stimme. So fanden wir ihn sehr schnell und fragten ihn um Rat wegen eines Schreiners für die Küchenmöbel. Er sprach recht gut Englisch und hatte zwei Lieblingsworte: No problem. Und so antwortete er uns entsprechend:

„No problem. I'll be there tomorrow morning. To have a look."

Sehr vielversprechend klang das nicht. Doch oh Wunder – er stand am nächsten Morgen um 8.30 mit einem Zyprioten auf der Matte, der allerdings nur griechisch konnte. Kostas übersetzte und eine gute Stunde später hatten wir alles bestellt. Lieferzeit 3 Tage. Es klappte mit dem Mann alles vorzüglich: Unterschränke, Arbeitsplatte, Oberschränke, alles matt weiß lackiert, massives Holz und zu einem sehr angemessenem Preis. Die Arbeitsplatte hatten wir in einem warmen Holzton geordert. Die Möbel waren qualitativ so gut, dass sich auch nach inzwischen fast 30 Jahren nach wie vor nicht die geringsten Abnutzungsspuren zeigten. Vielleicht auch deshalb, weil wir die Arbeitsplatte mal vor etwa 10 Jahren hatten erneuern lassen und – das war wohl das Entscheidende – die Wohnung nur 6 bis 12 Wochen im Jahr bewohnt wurde.

Im Laufe der Jahre hatten wir nochmals kräftig investiert. Den Eingangsbereich hatten wir erweitert und den Windfang mit seiner dunklen Eingangstür in den Wohnbereich einbezogen und mit raumhohem Glas versehen, sodass man von nun an einen herrlichen Blick in den so schönen Vorgarten und seine Terrasse hatte. Bei der Gelegenheit wurden auch noch gleich sämtliche Fußböden durch neue großflächige Fliesen in einem hellen sandfarbenen Farbton ersetzt und alle Fenster sowie die Eingangs- und Terrassentür mit Aluminiumelementen mit Doppelverglasung ausgetauscht, was sogar nötig war, weil die alten Holzfenster z. T. schon durchgefault waren. Zuvor hatten wir die Südterrasse mit Buntsandsteinplatten auslegen lassen und mit einer Mauer mit Feldsteinen umfriedet, ein Store-Room für die Gartengeräte unter der Außentreppe war hinzugekommen. Im Wohnzimmer hatten wir die Terrassentür mit weißen Einbauschränken umrahmt und die alten

Vorhänge entsprechend entsorgt. Klimaanlagen hatten wir bereits einige Jahre zuvor installieren lassen und später sogar noch einen elektrischen Kamin angeschafft, weil die elektrischen Heizkörper uns nicht ausreichten, um unser kleines Reich in der Übergangszeit hinreichend warm zu bekommen. Nahezu alles waren Ginas Ideen gewesen. Eigentlich hätte sie besser Innenarchitektin werden sollen, statt Pharmazie zu studieren – nun inzwischen ist sie seit vielen Jahren künstlerisch tätig, woran sie sehr viel Freude hat – und ich übrigens auch.

Und nun hatte sie vor etwa einem Jahr gemeint, was ich davon halten würde, die Küche zu modernisieren.

Als sie die Frage stellte, war ich erst einmal ziemlich zurückhaltend. Eigentlich gefiel mir unsere Kücheneinrichtung recht gut, wenn ich auch durchaus längst gemerkt hatte, dass so einiges an dem guten Stück schon leicht antiquiert wirkte. So war der Kühlschrank ein ganz normales Möbel, das wir einfach unter die Arbeitsplatte geschoben hatten und mit der Waschmaschine hatten wir es genauso gemacht. Sie war eigentlich in der Küche dominierend, weil man sie stets aus allen Blickwinkeln des Wohn- und Essbereichs ‚bewundern‘ konnte. Immerhin hatte das Exemplar auch mal sein gutes gehabt: Als Lindes Filius und unser überaus geliebter Enkelsohn Julian stolze 3 Jahre alt war und mal wieder bei uns auf Zypern war, stand er fasziniert vor dem Ding und bewunderte die rotierende und natürlich gut sichtbare Trommel – er hatte die Waschmaschine als Fernseherersatz entdeckt. Von zu Hause kannte er solch ein Gerät nicht, weil sowohl Linde als auch wir je einen Toplader als Waschmaschine hatten und da gab es naturgemäß nichts zu sehen.

Uns hatte das auch immer ein wenig gestört, dass man da immer so viel ‚Technik' sah und so war Gina eines Tages auf den Gedanken verfalle, dass da so etwas wie ein Paravent hinmüsse. Und ihr war dann wieder eingefallen, dass wir im Columbia Beach Hotel in der Lobby ganz tolle Trennwände gesehen hatten: Es waren raumhohe aus Leisten gefertigte Gestelle, in hervorragende Qualität, jeweils kleine durchbrochene Quadrate, deren Ränder besonders bearbeitet waren. So etwas wollten wir auch haben, natürlich aber aus weiß lackiertem Holz. Wir wandten uns also an unsern Schreiner in Limassol. Was wir haben wollten, verstand er natürlich nicht. Aber nach langem Hin und Her war er bereit, sich die Dinger im Hotel anzuschauen. Er war hinreichend beeindruckt, stöhnte laut, legte seine Stirn in nachdenkliche Dackelfalten und grinste uns schließlich fröhlich an – er würde uns so ein Ding herstellen. Nach einer guten Woche lieferte er uns das edle Teil und baute es ein.

„I will never, never produce that again." lautete sein Kommentar. Der Grund: Trotz des Einsatzes von Maschinen war es einfach zu aufwendig.

Ab sofort bewunderten wir die Küchengeräte durch das edle Holzgitter. Was eine weitere Idee von Gina zeitigte: Es musste eine Säule her, halbhoch, auf die man etwas Hübsches stellen konnte. Denn der Paravent konnte naturgemäß nur eine gewisse Breite im Raum einnehmen: Schließlich musste man ja in die Küche auch rein und raus kommen können.

In Paphos hatten wir zu der Zeit einen Keramiker entdeckt, der eigentlich mehr Künstler war. Den beauftragten wir, eine Säule herzustellen. Die maximale Höhe war vorgegeben – 90 cm, weil mehr sein Brennofen nicht zuließ. Als wir nach einem halben Jahr hinkamen, hatte er das Ding tatsächlich hergestellt, allerdings hatte der Sockel einen kleinen Sprung beim Brennen bekommen. Wir nahmen unsere Säule trotzdem hocherfreut in Empfang. Den Sprung hat sie heute noch und sie ziert jetzt eine Ecke unter einem Bougainvillea-Busch auf unserer vorderen Terrasse.

Im Übergang zwischen Essbereich und Küche machte sich unsere Säule jahrelang ausgesprochen gut – die Waschmaschine blieb trotzdem sichtbar. Anfangs mehr, später weniger – d.h. wir hatten uns an den Anblick so gewöhnt, dass wir die ,Technik' nicht mehr wahrnahmen.

Oder vielleicht doch?

Sue und Bryan hatten ihre Nachbarschaft zu einer Party eingeladen – ungefähr 5 bis 6 Paare, nur Ken war Solo, seine Lebensgefährtin war noch im ,UK', wie er uns versicherte. Dafür brachte er den Gastgebern – und uns natürlich auch – ein Ständchen dar. Auf einer Gitarre . Was ziemlich laut aber auch ein wenig falsch klang. Letzterer Eindruck mag vielleicht auch an meinen Hörgeräten gelegen haben. Der anhaltende Beifall spornte ihn – leider - zu weiteren Darbietungen an, der Beifall wurde dann aber doch allmählich schwächer und schließlich hörte Ken mit dem Musizieren auf – die Töne verebbten quasi. Was ich als ausgesprochen angenehm empfand. Einen Mordshunger hatte ich auch, immerhin gab es reichlich Häppchen und noch mehr Alkoholisches und da alle zu Fuß gekommen waren – der weiteste Anweg dürfte so bei 3 Minuten Fußweg gelegen haben - wurde es immer lauter. Was mich unheimlich nervte, weil ich den diversen Unterhaltungen nicht mehr folgen konnte – die Hörgeräte übertrugen nur noch einen lauten Schallteppich. Zum Glück saßen Gina und ich draußen, was den Vorteil hatte, dass ich immer mal an meiner Tabakspfeife nuckeln konnte. So stimmte wenigstens der Nikotinspiegel. Wobei ich anmerken muss, dass ich nur 2 bis 3 Pfeifen am Tag rauche. Ich bin wohl ein ‚Spiegelraucher‘, was das Pendent zum Spiegeltrinker ist. So einer ist zwar Alkoholiker, aber er ist nie betrunken, sondern trinkt nur so viel, dass er stets ganz zart benebelt ist. Bei mir ist's so ähnlich mit dem Nikotin: ein paar Züge an der Pfeife sind ausreichend, um mein Wohlbefinden wieder herzustellen. Wobei ich gestehen muss, dass ich so tugendsam erst ein Weilchen nach meinem 60.en Geburtstag wurde. Als junger Mann war ich kurz davor, ins Guinnessbuch der Rekorde aufgenommen zu werden, denn da waren es meist 70 Zigaretten am Tag. Ich hatte mich damals gewundert, warum ich etwa ein Jahr später morgens immer rund eine Stunde brauchte, bis ich das erste Mal wieder schmerzfrei durchatmen konnte. Nun, ich führte es – ich war schon damals kein kleiner Dummer – auf zu viel Tabakgenuss zurück und wettete daher mit meinem Vater um 1.000 DM, dass ich ein Jahr lang nicht mehr rauchen würde. Was damals für mich als Student so viel Geld war, dass ich die Wette einfach gewinnen musste, um nicht zu verarmen. Den Versuch, bei einer Bank einen Kredit zu bekommen, zog ich gar nicht erst in Betracht, weil die dunkel gekleideten Herren mit Schlips mich mit der Causa, eine verlorene Wette einzulösen, ganz sicher nicht als kreditwürdig eingestuft hätten. Ich habe die Wette damals gewonnen und am 366.en Tag nach deren Abschluss angefangen, Pfeife zu rauchen. Weil die ja sehr viel gesünder sein soll…

Von Lärm umgeben, tief in Gedanken versunken, merkte ich auf einmal, dass Gina verschwunden war. Obwohl ich mir ganz sicher war, dass wir zu zweit gekommen waren.

Ich suchte ein ganzes Weilchen nach ihr und sah sie dann gemeinsam mit unserer Gastgeberin Sue die Treppe aus dem oberen Stockwerk hinunterkommen, mich sehr lieb anlächelnd, um sodann mit Sue in deren Küche zu verschwinden.

Sue und Bryan bewohnen eine sogenannte Villa. Im Grunde genommen nichts weiter als eine ‚2-bedroom-villa‘, kaum größer als unsere Wohnung, alles aber auf 2 Etagen verteilt. Dafür war ihr Garten erheblich kleiner als unserer. Eigentlich hatten sie gar keinen Garten, denn die etwa 25 m$^2$ Grünfläche waren in einen Pool verwandelt worden. Man konnte bestimmt – aber nur, wenn man sich nicht vom Beckenrand abstieß – mit 3 Schwimmstößen das Becken in seiner gesamten Länge durchmessen. Also eigentlich ein größeres Tauchbecken nach dem Saunagang, die sie aber nicht hatten. Nach dem Sinn der Einrichtung Wochen später befragt, beichtete Sue dann leicht errötend, dass sie dort immer auf einer Luftmatratze liege und Bryan sie sanft schaukeln würde. Da beide ausgesprochen mollig sind, dürfte das Becken immer ganz schön überschwappen, wenn sie sich ‚mitsammen wässern‘. Und wo ich das jetzt so niedergeschrieben habe, schäme ich mich auch gebührend – aber nur ein klitzekleines bisschen…
Es wurde mir langsam langweilig, weil Gina gar nicht wieder auftauchte. Ich ging also, nachdem ich noch einmal an meiner Pfeife gezogen hatte, in Richtung Küche – eigentlich mehr um zu sehen, ob es noch etwas Schönes zu essen gab, als ich Gina erspähte – sie unterhielt sich angeregt mit Sue, die mal hie mal da eine Küchenschranktür öffnete, eine Schublade herauszog, ein Regal aus den Tiefen der Schränke hervorzauberte. Ich gesellte mich also nichtsah-

nend zu den beiden Ladies und Gina schwärmte mir sogleich vor, was für eine tolle Küche das sei und gar nicht teuer – alles zusammen nur 6.000 Euro.

Der Abend ging vorüber – ich war nach wie vor ohne Arg. Entweder am nächsten Morgen oder einen Tag später fragte mich Gina.

„Die Küche von Sue ist sowas an toll – meinst Du nicht auch, wir sollten hier bei uns mal was machen?"

„Hm. Meinst Du das wirklich?"

Man muss dazu wissen, dass ich im Normalfall ein durchaus rational veranlagter Mensch bin. Eigentlich gibt es nur eine Ausnahme – nein, um ehrlich zu sein, gibt es deren zwei. Die eine ist, wenn ich ein neues Auto haben möchte. Da war und ist es mit dem Verstand vorbei und ich bin sogar in der Lage, zu diesem Thema notfalls Wirtschaftlichkeitsrechnungen anzustellen, bei deren Bekanntwerden ich Gefahr laufen würde, noch 55 Jahre nach Erlangung des akademischen Grades eines Diplomvolkswirts selbigen aberkannt zu bekommen.

Und die zweite Ausnahme? Nun, die ist unser Feriendomizil. Alle Vorschläge für dessen Verschönerung kamen mit wenigen Ausnahmen immer von Gina. Ich gestehe es offen: Außer bei der Anschaffung habe ich später zu dem Thema gar nicht erst angefangen zu rechnen. Und in der Tat: Es ist immer schöner bei uns geworden. Und als Gina nun mit der Frage ‚neue Küche' ankam, habe ich sofort ‚Ja' gesagt. Weil uns das Ding ja beiden schon länger nicht mehr so recht gefiel. Obwohl sie funktional nach wie vor voll und ganz ihren Zweck erfüllte.

Ich bekam also einen Kuss von Gina und dann legte sie los, wie sie sich das alles vorstellte. Wir redeten uns beide in

Begeisterung. Und zum Schluss kam bei ihr dann ein wenig auch die Überlegung der Finanzierung hoch. „Wir fragen Jon und Martine – vielleicht machen die uns das ja. Und da wird es sicher noch erheblich billiger, als mit Sues Küchenbauer."

Jon war Martines Lebensgefährte. Ein Hüne von Mann, charmant und wohl außerordentlich tüchtig. Von Haus aus Elektriker und Klempner.
Wir kannten Martine schon seit vielen Jahren. Ihre Eltern, Roly und Sandra Spyridonos, er Zypriot, sie Engländerin, hatten das wohl schönste Haus in der ganzen Siedlung gehabt. Roly hatte es 1987 oder 1988 für nur 25.000 Cyprus Pounds erworben, umgerechnet 50.000 Euro. Damals war die Anlage noch ein Projekt, dessen Realisierung keineswegs gesichert war, deshalb hatte er es so preiswert erstehen können. Es wurde für die Familie auch nur ein Ferienhaus, denn arbeiten tat er in England. Roly wurde dann sehr, sehr krank und lebte zu Beginn seiner Krankheit meist ganz in dem Haus – er kehrte erst nach England zurück, als er sich nicht mehr allein versorgen konnte. Ich hatte den Burschen sehr gemocht, wir haben oft miteinander gequatscht und manchmal hat er mich sogar, wenn ich allein war, zu sich zum Essen eingeladen. Er konnte zum Schluss kaum noch sprechen und litt sehr darunter, dass er nach den Worten suchen musste und extrem langsam sprach. Ich tröstete ihn dann immer, dass er der einzige Engländer sei, den ich gut verstehen würde, weil er so schön langsam spreche. Ich glaube, diese Form der Akzeptanz hatte ihm recht gut getan. Nach seinem Tode vor einigen Jahren ist Sandra leider nie mehr in das Haus zurückgekehrt – es hingen wohl zu viele (gemeinsame) Erinnerungen daran. Martine, die Tochter lebte dann ganz auf Zypern, zog aber nur vorübergehend in das schöne Haus – sie

hatte es vorgezogen, mit ihrem Jon oben im Ort ein Haus nach ihren eigenen Vorstellungen zu bauen.

Inzwischen hatten Martine und Jon die Villa von Grund auf renoviert. Und eines Tages, als Martine wieder auf dem Weg zu dem Haus war, zeigte sie uns ihr Werk. Es war wirklich sehenswert, sehr geschmackvoll, neues Bad, neue Küche, modern möbliert – sie bot es inzwischen als Ferienwohnung an.

Das Bad weckte in mir sofort den Wunsch, unsers auch zu modernisieren – die Warmwasserversorgung auf den neuesten Stand zu bringen und vor allem die Badewanne rauszuschmeißen und durch eine ebenerdige Dusche zu ersetzen.

Gina war damit einverstanden.

„Ich will dann aber auch einen Geschirrspüler." Merkte ich noch an, auf das Thema Küche zurückkommend.

Dazu sagte Gina gar nichts, meinte dann aber wie ein ceterum censeo, dass wir so ein Ding doch gar nicht brauchten. Sie sei übrigens mit einem verheiratet, Ein schöner Besenschrank sei viel wichtiger.

## 4. Kapitel

Da wir von Sue und Bryan die Adresse ihres Küchenbauers kannten, fuhren wir am nächsten Tag nach Paphos.

Wir hatten Glück. Das Geschäft machte einen recht manierlichen Eindruck. James, der Inhaber beriet uns. Uns kam er wie der Prototyp eines Engländers vor. Ein schlanker Mann mit Bauch, leicht krumm gezogen, fast glatzköpfig, tip top gekleidet, obendrein ganz sympathisch wirkend. Wir bewunderten in seinem Büro eine riesige Tafel, wo alle Kommissionen abgebildet waren, die er zurzeit bearbeitete – bestimmt um die 15 Objekte. Offenbar war der Mann gut im Geschäft.

Wir zeigten ihm unsere Skizzen, die Gina vorher gefertigt hatte. Er legte uns dann die verschiedenen Materialien vor, durchstreifte mit uns seinen Showroom, war sehr eloquent und ließ uns zu all und jedem und da insbesondere zu unsern Fragen wissen: „No problem."

Wir verabredeten uns für den nächsten Tag bei uns, wo er alles ausmessen wollte, sowohl die Küche als auch das Bad.

Er kam tatsächlich, zwar mit 10 Minuten Verspätung, aber das störte uns nicht. Nach einer guten Stunde war alles besprochen,

„James, kannst Du uns denn ungefähr sagen was alles kostet?"

„Nein kann ich noch nicht. Aber wenn Ihr alles ausgewählt habt, bekommt Ihr von mir einen genauen Plan mit Euro und Cent. Und zwar getrennt für Küche und Bad."

„Gut. Dann kommen wir am Freitag, suchen alles aus und am Montag drauf nennst Du uns die Preise?"

„No problem" lächelte er uns freundlich an und verschwand.

Kaum war er draußen, rief Gina Martine an. Als sie mit dem Telefonat fertig war, lächelte sie mich sehr lieb an.

„Es wäre viel schöner, wenn Jon uns das alles macht. Küche und Bad. Und billiger wird's dann sicher auch. Die beiden kommen morgen um halb zwölf.

Gina hatte Martine wegen Bad und Küche gefragt. Bei der Küche sah sie überhaupt kein Problem, sie hätten einen tollen Küchenbauer. Und ihr Jon würde alle Elektro- und Klempnerarbeiten erledigen. Zum Thema Bad hatte sie gemeint, dass sie Jon erst fragen müsse:

„Du Gina, das ist nicht so einfach. Jon hat irre viel zu tun, gerade jetzt um die Zeit, aber ich werde ihn fragen."

Am nächsten Tag kamen die beiden tatsächlich angetrabt. Jon war deshalb mitgekommen, weil er in ihrem Haus etwas reparieren musste.

„Wann wollt Ihr denn Bad und Küche fertig haben? Also im Januar und Februar ist's bei mir ruhiger, da könnte ich das Bad machen. Und die Küche – also meinen Teil bekomme ich da nebenbei schon hin."

Gina antwortete ihm.

„Kannst Du gern Anfang nächsten Jahres machen, wir sind zwar nicht da, aber wir geben Euch den Wohnungsschlüssel. Nur möchten wir gern, dass Du fertig bist, wenn wir im Frühjahr kommen. So Anfang April wäre prima."

„No problem." antwortete er. Allmählich hatten wir den Eindruck, dass diese zwei Worte die Standardantwort aller Engländer wäre.

Dann besprachen wir ganz grob die Einrichtung des Bades. Er nannte uns einen Badezimmer-Ausstatter in Paphos – bei dem sollten wir alles aussuchen und bestellen.

Gina ließ mit der Küche nicht locker. Sie telefonierte wieder mit Martine.

„Wir haben ganz tolle Erfahrungen mit unserm Theodoros gemacht. Unsere Küche gefällt Euch doch – die hat er für uns nach Maß gefertigt. Sprecht doch mal mit ihm. Wenn Ihr wollt, komme ich mit ihm mal bei Euch vorbei."

Am Spätnachmittag lernten wir Theodoros kennen, ein kleiner untersetzter Strahlemann, ein Zypriot wie aus dem Bilderbuch. Irgendwie ein Typ, von dem man sogar einen Gebrauchtwagen kaufen würde. Er redete nicht viel, sondern fing sofort an, alles auszumessen. Aber dann kam im Verlauf des Gesprächs das ‚dicke Ende': Er würde nur die Möbel machen und einbauen, für alle anderen Arbeiten müssten wir die Handwerker selbst besorgen. Zwar würde Martines Jon die Elektrik- und die Klempnerarbeiten vornehmen, aber für die Verputzarbeiten sowie das Abschlagen der alten und das Verlegen der neuen Fliesen sowie den Anstrich der Wände müssten wir schon selber sorgen und alle Arbeiten dann koordinieren, müssten wir auch.

Wir schauten uns skeptisch an. ‚Wie soll das gehen, verschiedene Handwerker in unserer Wohnung von Deutschland aus so zu bestellen und einzusetzen, dass alles zueinander passen würde? Selbst in Zypern wäre das für uns ein Problem bei nur 4 bis 5 Wochen Anwesenheit.

Gina und ich waren uns schnell einig: Jon macht das Bad, James die Küche.

„Und wie wollen wir James klar machen, dass es nun mit dem Bad für ihn nichts wird?" Gina sah da ein kleines Problem.

Ich versuchte zu trösten.

„Wir sagen's ihm einfach. Ich hatte ohnehin den Eindruck, dass er vor allem an der Küche interessiert ist und weniger an unserm Bad."

„Wieso das?"

„Ich denke an seinen Showroom. Da stehen nur Sachen für Küchen aber absolut nichts für ein Bad. Habe wenigstens nichts gesehen."

„Meinst Du."

„Meine ich."

Am Freitag kreuzten wir wie verabredet um 10 Uhr bei James auf. Bis um halb eins waren wir mit dem Aussuchen von Mobiliar, dessen Oberflächengestaltung, der Begutachtung von zig Materialproben, der Besichtigung von – gefühlt – 100 Mustern an Arbeitsplatten, der Entscheidung über Spüle und Wasserhahn und, und, und beschäftigt. Wir lernten die Vorzüge einer ‚Magic Corner' kennen, mit der man tote Ecken in einer Küche optimal nutzen kann, James bestätigte uns, dass er Platz für einen Geschirrspüler vorgesehen habe, man unsere Waschmaschine nicht mehr sehen werde, der Kühlschrank in der Tiefe bis hinten an die Wand reiche, da die Technik im Bereich über dem Fußboden untergebracht sei, wir unser altes Ceranfeld weiter nutzen könnten, alle Möbelstücke auch ohne ‚Handles', dafür mit Griffmulden möglich seien. Des Weiteren wollten wir die gesamte Küche in einem matten weiß lackiert haben – no problem. Aber James meinte – wir stimmten ihm zu – es sehe dann doch arg nach einer sterilen Klinik aus. Also mussten wenigstens die Mittelteile der Unterschränke farblich abgesetzt werden und so weiter und so fort. Auch wenn James für Gina einen Tee und für mich einen Kaffee bereiten ließ – als wir fertig waren, waren wir physisch auch fertig. Zumal Ginas Tee mit Milch und Zucker, also typisch englisch offeriert wurde und mein Kaffee leider kein Coffee Cyprus war, sondern ein simpler Filterkaffee.

Unmittelbar bevor wir gingen, avisierte Gina noch, auch unsere Schlafzimmertüren erneuern zu lassen – James ließ uns sofort wissen: No problem.

Schon auf der Heimfahrt fiel Gina noch eine Menge ein, was wir noch alles vergessen hatten (wir gaben es James teilweise telefonisch, zum Teil per E-Mail noch durch), aber immerhin – das ‚Werk' des Bestellens war vollbracht.

Bereits am nächsten Tag schickte James uns sein Angebot. Auf das Material gab es einen Nachlass von 20 bis 40%. Ich denke mal, dass er die vorher draufgeschlagen hatte. Insgesamt wollte er 6.540 Euro haben – uns kam das recht preiswert vor, weil darin ja auch noch ein neuer Kühlschrank sowie der Geschirrspüler und die Dunstabzugshaube, ja sogar die Magic Corner enthalten waren. Die Zahlungsmodalitäten waren allerdings etwas ungewöhnlich: Er verlangte fast 50% als Anzahlung. Was aber wohl ‚landesüblich' war. Oder galt das nur für Touris? Bei denen man nicht sicher sein konnte, dass sie wiederkommen würden?

Die Ferien neigten sich langsam dem Ende zu. Und wir mussten vor der Heimreise unbedingt noch einiges erledigen: James die Anzahlung zu überweisen, ging von zu Hause aus. Aber die Einrichtung fürs Badezimmer mussten wir noch aussuchen und bestellen und nicht zuletzt in der Wohnung alle Möbel so abdecken, dass bei unserer Rückkehr im Frühjahr nicht alles von Jons Tätigkeit so ‚überpudert' sein würde, dass wir mindestens eine Woche brauchen würden, um das Domizil wieder bewohnbar zu machen.

„Wir sollten noch etwas machen." Gina schaute mich erwartungsvoll an.

„Und das wäre?" fragte ich.

„Wir brauchen im Frühjahr eine Ferienwohnung."

„Hm..? Ich dachte, wir hätten eine."

„Männer." schnaubte Gina verächtlich. „Willst Du da in dem Chaos hausen, dass James bei uns anrichtet? Wenn er die alten Fliesen raushaut, neue Schlitze für die Elektrik in die Wände stemmt, Alles neu streicht und, und, und?"

„Wie Du meinst…"

„Bist ja doch ein schlaues Kerlchen. Bin doch froh, dass ich damals keinen kleinen Dummen geehelicht habe. Ja, wir mieten uns für zwei Wochen eine Ferienwohnung. James meinte, dass er etwa eine Woche braucht – zwei sollten da für uns reichen. Wir fragen Martine, ob wir ihre Villa mieten können."

Wir konnten nicht. Martine war über eine Agentur bestens im Geschäft und komplett ausgebucht. Aber sie hatte eine Freundin, die sollten wir mal anrufen. Ihre Wohnung sei die, die Roly, ihrem Vater, einst in Skeleas Court gehört hatte, bevor er die Villa kaufte.

Wir hatten wenigstens da Glück: Die Wohnung war zum gewünschten Zeitpunkt frei und für 850 muntere Euros konnten wir sie für zwei Wochen anmieten. Und da James fest versprochen hatte, sofort mit den Arbeiten zu beginnen, wenn wir im Frühjahr aufkreuzten, schien alles in bester Ordnung.

Am nächsten Morgen kam Jon noch einmal bei uns vorbei, um alle Details wegen des neuen Bades zu besprechen. Das ging recht schnell und er malte uns auf einem Blatt Papier die Wegbeschreibung zu seinem Shop in Paphos auf. Wir sollten alles bestellen, Duschwanne, Waschbecken, neues WC, Bidet, alle Armaturen, Handtuchstangen, Haken für Handtücher, Fliesen. Wir sollten dem Verkäufer sagen, dass er, Jon, alles abholen würde. Man kenne ihn dort und wir brauchten uns so um nichts sonst zu kümmern.

Bevor er ging, fragte er noch einmal wegen des Bidets und wo es denn hin solle in dem ja nicht allzu großen Bad.

„Wenn Ihr so ein Ding wirklich haben wollt, müsst Ihr aber eine ganz kleine Duschwanne nehmen."

‚Sch...', dachte ich, ‚zu Hause haben wir doch schon so eine Mini-Dusche.'

Gina grinste mich an – nein das war kein Lächeln, sondern mehr ein wissendes Grinsen. Sie wusste genau, dass ich es so schön fände, wenn man mal zusammen duscht...

„Dann nehmen wir doch lieber eine Wanne." sagte sie zu Jon auf Englisch und fuhr auf Deutsch zu mir gewandt fort: „Da kann man sich auf den Rand setzen und mit der Brause das Hinterteil säubern. Mit ner Dusche und ohne Bidet geht das nämlich nicht."

Irgendwie hatte sie ja recht, denn wenn sich der Mensch hinterwärts erleichtert hatte, konnte man danach noch so viel Toilettenpapier benutzen – so richtig sauber war man da an seinem ‚Südausgang' mitnichten. Ich überlegte fieberhaft, wie ich das Bidet und außerdem eine große Dusche retten könnte. Und dann fiel mir Lindes Lösung bei ihr zu Hause ein. Ich grinste jetzt Gina an und fragte Jon auf Englisch:

„Jon, wir kennen aus Deutschland eine Vorrichtung, da kommt neben dem Toilettenbecken aus der Wand ein Schlauch heraus, vorn mit einem kleinen Hahn..."

Jon hatte sogleich verstanden.

„Klar, ich weiß was Du meinst, gibt's bei uns auch. Kann ich Euch machen – no problem." Und ziemlich unverschämt, fand ich wenigstens, grinste er dann Gina an: „Und ich mach Euch das Ding so, dass auch warmes Wasser rauskommt."

Kaum war Jon gegangen, meinte Gina:
„Und ich hätte doch lieber eine Wanne gehabt. Und zusammen Duschen – kannst Du Dir abschminken."
„Aber nicht wirklich." murmelte ich und umarmte sie. Sie sträubte sich aber nur sehr kurz.
„Wirst schon sehen…"

Bevor Jon gegangen war, hatte ich noch versucht, ihm wenigstens mündlich so etwas wie einen Kostenvoranschlag zu entlocken, aber das war vergebene Liebesmüh. Er war zu keiner Zahl zu bewegen, meinte nur, wir würden schon nicht verarmen. Damit wurde mir schlagartig klar: Es war dasselbe ‚Lied' wie seinerzeit mit Spyros, als der uns den Vorbau an unserer Wohnung umgebaut hatte: Die Rechnung war seinerzeit ein kleiner gelber Post-It-Zettel auf die er eine Zahl geschrieben hatte. So ähnlich würde es wohl auch bei Jon werden. Spyros hatte damals eine sehr faire Zahl auf das Zettelchen geschrieben, bei Jon würde es dann preislich wohl auch erträglich bleiben.

Am nächsten Morgen düsten wir nach Paphos. Und fanden dank Jons Skizze nach einigem Suchen auch den Shop und gerieten an einen superfreundlichen und äußerst kompetenten Verkäufer, dem keine Mühe zu viel war, uns zu beraten. Und, was wohl noch wichtiger war, wir fanden wirklich alles, was wir brauchten. Mit am schwierigsten wurde ein neues Waschbecken, für das wir einen Hahn brauchten, bei dem man auch seinen Kopf drunter halten konnte, weil wir uns seit Jahr und Tag die Haare nie unter der Dusche, sondern im Waschbecken wuschen. Unser Berater montierte uns über dem ausgesuchten Waschbecken sogar verschiedene Wasserhähne, sodass wir unsere Häupter probeweise mal darunter halten konnten. Auch an dem Punkt waren wir schließlich erfolgreich. Und als wir dann auch noch sehr, sehr schöne Fliesen gefunden hatten und obendrein einen neuen Spiegel, war die Bestellung ‚rund‘ und sowohl Gina als auch ich zum Ausgleich völlig ko. Immerhin hatte ich zwischendurch zwei Cyprus Coffee Sketo bekommen – Gina begnügte sich mit Wasser.

Perikleous, so hieß unser Verkäufer, ‚parkte‘ uns bei weiteren Getränken und begann, die Rechnung zu schreiben.

„Na was schätzt Du, was wir da loswerden?" fragte Gina.

„Keine Ahnung. So irgendwo zwischen 1.000 und 1.500?"

„Meinst Du – so viel?"

Es wurden knapp über 2.000. ‚Schuld‘ waren u.a. die recht teuren Armaturen, alle von Grohe. Und dabei hatte er auf die Porzellangegenstände und die Duschwanne sogar noch einen anständigen Discount eingeräumt. Aber die nach Maß zu fertigende gläserne Einhausung der Duschwanne hatte ganz schön zu Buche geschlagen.

„May I ask you for a deposit?"

Wir einigten uns auf die Hälfte – ich konnte die 1.000 sogar mit der MasterCard bezahlen.

Wir hatten nun noch 3 Tage bis zu unserm Heimflug. Den ersten nutzten wir für dolce far niente, d.h. wir fuhren – eigentlich wie immer – morgens an den Strand. Liefen ein halbes Stündchen in der Sonne, sonnten uns ein wenig und ich musste unbedingt wieder eine Runde schwimmen – bei 22°C Wassertemperatur machte es noch richtig Spaß. Gina wollte erst nicht ins Wasser, ließ sich dann aber doch dazu bewegen, es zu versuchen, hatte aber sehr viel weniger Freude daran sich zu ‚wässern' als ich. Anschließend fuhren wir zu Anna in ihre kleine Taverne, um dort Café zu trinken. Nach unserm kleinen Lunch war die alltägliche Siesta angesagt und nachmittags lasen wir.

Am Tage darauf fingen wir dann an, im Wohn- und Essbereich alle Möbel sowie die Küche mit Malerfolie abzukleben eingedenk der Tatsache, dass Jon ganz sicher nicht staubfrei würde arbeiten können. Alles, was wir noch brauchten, hatten wir vorher in die Schlafzimmer verfrachtet, und am Tag der Abreise schließlich noch die Gartenmöbel reingenommen, also unser Domizil winterfest verpackt. Gina hatte am Tag davor noch die Koffer gepackt. Kaum waren wir am Tag der Heimreise mit allem fertig, kam Melis, unser Taxifahrer, um uns nach Larnaca zum Flughafen zu bringen.

## 5. Kapitel

Der Heimflug mit der LH geriet wie meist etwas nervig. D.h. nicht der Flug als solcher war nervig, aber das Umsteigen in München. Irgendwie bekommen die Bayern es zusammen mit der LH immer hin, dass man ihren Flughafen intensivst kennenlernen darf. Indem man in schönster Regelmäßigkeit den wohl längst möglichen Fußweg vor sich hat, der technisch zwischen den Gates möglich ist. Und selbstredend hat man nur 30 Minuten Übergang. Sodass man im Schweinsgalopp die endlos langen Gänge durchhasten darf. Und weil nun innerdeutschgelandet, ereilt einen an der Passkontrolle mit entsprechender Wartezeit endlich eine Verschnaufpause. Blöd nur, dass die Uhr weitertickt...
Die Wiener sind übrigens auch nicht besser. Immerhin entfällt da die Passkontrolle, dafür sind die Wege noch ein wenig länger.

Dieses Mal hatten wir in München aber ‚Glück‘. Unsere Maschine ab Larnaca hob nämlich mit einer halben Stunde Verspätung ab, sodass der vorgesehene Anschlussflug garantiert schon in München abhob, wenn wir dort landeten. Die von mir befragte, liebreizende Flugbegleiterin, antwortete auf meine Frage, wie es mit unserm Anschluss sein würde, äußerst trostreich, dafür aber sehr lieb:
„Achten Sie doch bitte auf die Lautsprecherdurchsagen in München.“
„Na, irgendwie werden wir sicher noch vor Mitternacht in Frankfurt ankommen.“ murmelte ich in Richtung Gina.

„Du immer mit Deinem Pessimismus. Das wird schon irgendwie klappen."

Warum muss die Frau nur immer recht haben?

Tatsächlich war dann in München alles ganz einfach. Es gab zwar keine Lautsprecherdurchsage, aber am Gate des nächsten Fluges der LH nach FRA gab man uns neue Tickets und die sogar mit etwas besseren Plätzen wie in der ursprünglich gebuchten Maschine.

Linde holte uns dann in Frankfurt ab, sie bekam noch von uns als Mitbringsel das von ihr so geliebte Tahini-Bread überreicht und so kamen wir statt um 10 Uhr wie geplant, kurz vor Mitternacht in den heimatlichen Gefilden an. Ich hatte mit meiner Befürchtung also gar nicht so sehr danebengelegen.


Meine erste Amtshandlung am nächsten Tag war die Überweisung der Anzahlung für die Küche an James, die zweite die Überweisung von 100 Euro als Anzahlung an die von Helen für den März gebuchte Ferienwohnung. Die dritte Amtshandlung war die Suche nach Flügen für unsern Zypernflug im Frühjahr.

Ich gestehe es ganz offen, letztgenannte Tätigkeit treibt mir erstens Schweißperlen auf die Stirn und zweitens meinen Puls auf 100 Schläge pro Minute. Meinen Blutdruck habe ich sicherheitshalbe dabei noch nie gemessen. Wahrscheinlich bin ich da deshalb so gestresst, weil ich früher nie einen Flug selbst gebucht habe, sondern Frau Zartmann, meine Sekretärin (die beste, die ich je hatte), mich dieser Mühsal jahrelang enthob. Natürlich ging das immer online. Und da ich meist ein- bis zweimal pro Woche mit dem Flieger unterwegs war, war es für sie längst Routine geworden, mir meine Tickets zu besorgen. Aber Frau Zartmann kann mir, der ich inzwischen ja schon 20 Jahre Altenteiler bin, natürlich nicht mehr helfen. Sprich: Selbst ist der Mann. Und da ich in dem nun erreichten Stadium grenzenloser Freiheit nur noch zwei bis höchstens vier Mal im Jahr fliege, fehlt es mir also an der Übung des Online-Buchens. Erschwerend kommt nach wie vor noch hinzu, dass ich online am PC nicht gerade ein Profi bin. Und die Airlines machen es einem auch nicht eben leichter. Die LH, seit eh und je unsere bevorzugte Airline, hat es ganz offenbar darauf abgesehen, auch ältere Kunden online gehörig fortzubilden. Jedes Mal, wenn ich mich so etwa im 3. oder 4. Versuch erfolgreich eingeloggt habe, hat sie (mal wieder) ihre Masken verändert. Ich habe es in all den Jahren erst einmal erlebt, dass ich tatsächlich auch nach einem halben Jahr immer noch alles unverändert vorfand. Seitdem aber nie wieder. Vor etwa einem Jahr haben die LH-Strategen die Sache noch getoppt: Alles nur noch auf Englisch. Nicht, dass Gina und ich der englischen Sprache nicht mächtig wären – auf Zypern geht ja alles nur in Griechisch oder Englisch – aber ,Himmel, Gesäß und Nähgarn – ist die LH nicht ein deutsches Unternehmen? Ich bin wirklich niemand, der zur Deutschtümelei neigt und zu Hause das Wort Tunke statt Sauce benutzt. Aber dass man erst einmal endlos googeln muss, um eine deutschsprachige LH-Version aufzustöbern, finde ich einfach nur bescheuert und unüberlegt von den Lufthanseaten.

Gina und ich haben es uns mittlerweile angewöhnt, beim Suchen nach Flügen immer gemeinsam unser Heil zu versuchen. Wobei die ersten ca. 30 Minuten für mich solo reserviert sind, bis ich mich so weit voran gearbeitet habe, dass wir nun die Flüge suchen und anschließend buchen können. Das war dieses Mal nicht anders. Und tatsächlich gelang es uns nach etwa weiteren 20 Minuten – inzwischen war ich schweißgebadet – dass wir unsere Flüge beisammen hatten: Hinflug am 24. März, Rückflug am 30. April.

Für uns beide knapp 800 Euro. Hinflug direkt, Rückflug umsteigen in Wien.

Gina hatte ein wenig scheel geschaut: 5 Wochen plus 2 Tage kamen ihr sehr ‚reichlich' vor, weil sie ja in der Zeit ja weder würde malen noch etwas in Ton würde schaffen können, während ich mir vorgenommen hatte, mein neues soeben fertig gestelltes Buch zu redigieren. Ich versuchte Gina zu trösten:
„Sieh mal, von den ersten zwei Wochen haben wir wegen des Küchen-Um- und Ausbau nichts. Da ist doch nur Chaos angesagt. Und danach haben wir dann drei Wochen so wie immer."
Ihr etwas spöttisches Lächeln verriet mir, dass sie mich wie meist mal wieder durchschaute:
„Meinst Du?"
Mit einem schafsdummen Gesicht gab ich ganz ernst zur Antwort:
Meine ich."
Und da sie ja das letzte Wort haben musste – eigentlich auch wie immer – antwortete sie mir sehr kurz:
„So, so."

Nach drei Tagen schickte James uns eine Mail mit der er den Eingang der Überweisung bestätigte und uns mitteilte, dass er nun alle Möbel und Geräte bestellen würde. Und er fügte noch eine Computer-Animation unserer künftigen Küche bei.
„Wow. Sieht nicht schlecht aus. Was meinst Du?"
Gina sagte erst einmal gar nichts. Nach einer ganzen Weile kam dann ein
„Hm."
„Stimmt was nicht?" fragte ich, mal wieder voll der ahnungslose Engel.

„Da stimmt fast nichts."

Gina zählte mir dann ein gutes halbes Dutzend Dinge auf, die ich natürlich nie im Leben bemerkt hätte.

„Und wie machen wir das diesem Kerl nun klar?" fragte Gina leicht verstört.

„Ich kann die Simulationsbilder ja mal ausdrucken. Dann zeichnest Du die Änderungen rein, anschließend scanne ich alles und dann schicken wir ihm alles wieder zurück. Außerdem schreiben wir noch ein paar Zeilen dazu. Alles per Mail natürlich."

„Kannst Du das denn ausdrucken?"

Klar."

„Dann mach."

Ich musste noch mehrfach ausdrucken, Gina zeichnete mehrmals um und nach einer knappen Woche sah alles so aus, dass ich gar nichts mehr verstand, aber Gina meinte, als Küchenfachmann würde James schon alles kapieren.

Knapp drei Wochen später kam eine neue Mail von James, er habe nun all unsere Wünsche berücksichtigt – erneut hatte er eine Computersimulation beigefügt. Gina schlug gleich wieder die Hände über dem Kopf zusammen.

„Das stimmt ja wieder nicht! Dieses Mal hat er alles in weiß vorgesehen. Ist der Mensch denn begriffsstutzig?"

„Scheint so." war meine lapidare Antwort.

„Und schau mal – wir hatten doch ausdrücklich besprochen, dass da, wo jetzt noch das weiße Sideboard steht, es so abgesetzt sein soll, dass wir einen Übergang vom Küchen- zum Ess- und Wohnbereich haben. Sieht jetzt wirklich wie im Krankenhaus aus."

Ich druckte wieder alles aus, dieses Mal gleich mehrfach, Gina zeichnete wieder alles ein, schrieb noch die entsprechenden Erläuterungen auf die Simulationsbilder und nach dem Scannen schickten wir alles wieder hin.

Dieses Mal kam die Antwort schneller.

„No problem." lautete der Tenor der Antwort.

„That's fine." antworteten wir und teilten ihm mit, dass wir am 24. März wieder nach Zypern kämen und er so am Dienstag, den 26. März mit den Arbeiten beginnen könne.

Die umgehende Antwort lautete wieder:

„No problem" und dass seine Leute am 26.03.2019 um 9 Uhr anfangen würden.

Dass dann doch alles ganz anders kommen würde, ahnten wir natürlich nicht.

Helen hatte sich inzwischen auch gemeldet und sich für die Anzahlung bedankt. Sie bat, 8 (!) Wochen vor unserer Ankunft die restlichen 750 Euro zu zahlen. Das war zwar recht unüblich, wie wir fanden – normal waren 14 Tage – aber sei's drum: Der Zinsverlust war ja erträglich, da Herr Draghi längst dafür gesorgt hatte, dass es Zinsen nur noch gab, wenn man einen Kredit aufnahm, nicht aber wenn man was auf dem Konto hatte. Es war zwar noch nicht einmal Weihnachten, aber ich terminierte die Überweisung an Helen auf die letzte Januarwoche, weil ich mit ‚Wiedervorlagen' immer mal so meine Probleme hatte und immer noch habe. Und beim Online-Banking kann man ja schon Wochen im Voraus alles fertig machen.

Inzwischen hatten wir nicht nur ein sehr schönes Weihnachtsfest verbracht – leicht erschöpft bei so viel Familie – sondern auch sehr erfolgreich das neue Jahr begonnen, indem wir am Silvesterabend um 11 Uhr ins Bett gingen und daher wohl ausgeruht am 1. Januar um 9.30 am Frühstückstisch saßen. Wir wussten, es würde ein ereignisreiches neues Jahr für uns werden, zumindest auf unserer schönen Insel Zypern.

Also, das mit dem ‚wohl ausgeruht‘ stimmte allerdings nur teilweise, denn Gina hatte keineswegs gut geschlafen, weil sie von den Böllerschüssen mehrfach wieder geweckt wurde. Ich hingegen hatte prächtig geschlafen. Da ich ja inzwischen etwas schwerhörig geworden bin – ist ganz zart untertrieben – höre ich so gut wie nichts mehr, wenn die Hörgeräte auf dem Nachttisch liegen. Insgeheim tröste ich mich immer selbst: Besser die Hörgeräte liegen auf dem Nachttisch als die Zähne im Wasserglas.

Das schlechte Hören empfinde ich überwiegend als ausgesprochen angenehm, weil ich auch von geführten Unterhaltungen nur 20 bis maximal 50 Prozent mitbekomme und in aller Regel ist das meist schon zu viel. Lästig ist die Schwerhörigkeit nur, wenn ich am Schreibtisch sitze und Gina mir etwas aus der Küche zuruft. Ich höre zwar, dass sie etwas sagt, verstehe aber absolut nichts. Was mir – folgsam, wie ich bin – zu etwas mehr an körperlicher Bewegung verhilft, weil ich dann natürlich aufstehe, gemessenen Schrittes in die Küche eile und frage:

„Was hast Du gerade gesagt?"

Aber man soll ja immer positiv denken. Und so denke ich mal, dass mein ‚Gebrechzen‘ den unschätzbaren Vorteil hat, dass ich nun exkulpiert bin, wenn ich nicht mehr gehorche. Das war mir schon immer schwer gefallen – jetzt habe ich aber eine plausible Erklärung für meinen Ungehorsam: Ich habe nämlich nichts gehört.

Ende Januar bekamen wir eine Mail von Martine, unterzeichnet war sie allerdings von Jon. Er werde nunmehr mit dem Bad anfangen, alles von uns georderte Material habe er schon bei uns deponiert und bis wir kommen würden – bitte nicht vor Mitte März – wäre alles fertig.

„Du, Gina?“

„Was ist?“

„Wollen wir Jon nicht mal fragen, ob er uns bei der Gelegenheit zu einem vernünftigen Wasserdruck verhelfen kann? Andere in der Siedlung haben das doch auch.“

„Dann musst Du ihn halt fragen.“

Die zypriotische Wasserversorgung ist und war schon immer, wohlwollend formuliert, gewöhnungsbedürftig. Es gibt in Zypern ja kein Grundwasser. Die gesamte Wasserversorgung auf der Insel erfolgt aus riesigen Speicherseen, in denen im Winter das Regenwasser gesammelt und danach im Verlauf des Jahres aufbereitet und in die Wasserversorgung eingespeist wird. Das funktioniert in aller Regel auch ganz manierlich, wenn es da nicht alle paar Jahre mal ein riesiges ‚Aber‘ gäbe. Manchmal regnet es nämlich auch wenig bis gar nicht und dann wird es knapp mit dem Frischwasser. Zumal die Zyprioten, vor allem aber auch die Engländer (für die Zypern eine sehr beliebte Insel ist, um dort den Lebensabend zu verbringen) offenbar das Meer nicht mögen. Die Engländer haben fast alle einen eigenen Pool und die Zyprioten mögen wohl keine Besen, denn wenn gekehrt wird, dann stets mit dem Wasserschlauch. Und da bei 30°C eine Menge in den Pools verdampft und jede Kneipe mindestens 1 Mal täglich mit dem Wasserschlauch gekehrt wird, ist der Trinkwasserverbrauch enorm. Was vor einigen Jahren, als es in zwei darauffolgenden Wintern kaum geregnet hatte, dazu führte, dass Autos nicht mehr gewaschen, Gärten nicht mehr bewässert, Pools nicht mehr aufgefüllt werden durften. Natürlich hat sich erst einmal kein Mensch daran gehalten. Was die Behörden recht erfinderisch machte: Je nach Hausgröße wurden Wassermenge und die zugehörigen Wasserpreise festgelegt. Wer mehr als die festgelegte Quote verbrauchte, musste den doppelten Preis pro $m^3$ zahlen, wer mehr als das 3-fache benötigte, wurde mit dem 6-fachen für den $m^3$ zur Kasse gebeten. Das funktionierte endlich. Zumal die Behörden auch bis zu drei Mal in der Woche das Wasser ganz abstellten. Selbstverständlich ohne Vorwarnung. Das wiederum führte zu einem beträchtlichen Sturm im Wasserglas bei den betroffenen und vor allem im Blätterwald, sprich in den Medien. Und da Politiker negative Schlagzeilen auch auf Zypern so gar nicht mögen, gelangte die Regierung ausgesprochen schnell zu der Überlegung, dass es vielleicht angezeigt sein könnte, Meerwasserentsalzungsanlagen zu bauen. Einem Ondit zufolge soll es tatsächlich inzwischen irgendwo bei Larnaca eine geben, aber dann regnete es wieder ordentlich und solch teure Bauten wurden daher wieder eingestellt. Die Preisgestaltung hat man allerdings beibehalten.

Wegen besagter Wasserknappheit hatten die Zyprioten von jeher für ihre Häuser eine besondere Versorgung vorgesehen: Den Wassertank auf dem Dach. Jedes Haus, jede Wohnung, jede von Menschen bewohnte Hütte hat so ein Ding auf dem Dach. Angeschlossen ist der Tank an die Hauptwasserleitung, im Haus gibt es deshalb nur einen Hahn mit Frischwasser, alles andere in Küche und Bad wird vom Dach her versorgt. Dorthin wird es je nach Verbrauch aus der Hauptleitung wieder hochgepumpt. Was einen großen Vorteil hat: Wird die Frischwasserversorgung mal für ein paar Tage abgestellt, reichen die meist 500 Liter auf dem Dach fürs Kochen, fürs Duschen und auch für die Toilette.

Aber diese partielle Autonomie hat auch einen ziemlichen Nachteil: Es gibt eigentlich keinen Wasserdruck – der ergibt sich ausschließlich aus dem Gefälle vom Tank auf dem Dach zu den Verbrauchsstellen unten. Duschen wird so eher zu einer tröpfelnden Reinigungsprozedur und es dauert ein paar Minuten, bis der Wasserbehälter für die nächste Spülung der Toilette wieder gefüllt ist.

Und das wollte ich nun endlich anders haben. Meist wird das wohl mit einer elektrischen Pumpe bewerkstelligt. Und so fragte ich nun Jon, ob er so etwas auch für uns machen könne.

Seine Antwort kam ziemlich schnell: No problem, aber dann braucht Ihr auch einen neuen Boiler, mit dem alten Ding könne er die Warmwasserbereitung nicht bewerkstelligen.

Wir antworteten entsprechend: No problem, dann mach mal alles, was notwendig ist.

# 6. Kapitel

Jons Mail hatte so ganz nebenbei noch eine Hiobsbotschaft enthalten. Während des Winters hatte es kräftig bei uns reingeregnet. Die Innenwand auf der Wetterseite war vom Eingang bis hinten zu den Einbauschränken an der Terrassentür patschnass geworden, sodass nicht nur die Farbe an den Wänden sondern z. T. auch der Putz abblätterte. Jon hatte Fotos von den schlimmsten Stellen an seine Mail angehängt.

Wir kannten das ‚Problem' schon seit Jahren. Nicht etwa, dass die Außenwand defekt war, nein es lag an der Außentreppe, denn die Nässespuren innen zeichneten genau den Verlauf der Außentreppe nach. Als anno 1989 unser Block errichtet wurde, hatte man an deren beiden Schmalseiten je eine Außentreppe mit  Beton ‚drangeklatscht' und wie auf Zypern üblich, ohne jede Zwischenisolierung. So etwas kannte man auf der schönen Insel offenbar nicht, denn auch die unmittelbar über dem Erdboden hochgezogenen Hauswände wurden ohne Isolierung gemauert, sodass sie gegen aufsteigende Nässe total ungeschützt waren. Wobei zuzugeben ist, dass das Erdreich meist staubtrocken ist und selbst im Winter bei heftigem Regen versickern wohl meist 90% problemlos im Boden. Aber mit so einer Außentreppe war es da schon was anderes, denn vor allem auf den Stufen und den Treppenplattformen blieb das Wasser einfach stehen, zumal selbstredend kein Treppenbauer je daran gedacht hat, die Fliesen leicht abschüssig nach außen zu verlegen.

Bisher konnten wir die Wand immer selbst wieder in Ordnung bringen: Putz abklopfen, mit Moltofill neu verspachteln, streichen, fertig.

Natürlich hatten wir die Sache immer beim Management-Committee reklamiert. Und oh Wunder, vor ein paar Jahren hatte man tatsächlich wohl alle Fliesen abgenommen, angeblich darunter isoliert und sie dann wieder drauf verlegt. Wobei wir den Handwerker kannten: Er arbeitete sehr, sehr preiswert, hatte aber keine Ahnung, eine Mauer bekam er vielleicht halbwegs hin, aber die Isolierung einer Treppe?

Offenkundig wohl nicht und dieses Mal war es doch ein wenig zu viel des Guten. Wir hatten die Fotos an die Herren des Committees weitergeleitet und sie waren wirklich selbst überrascht. Sie antworteten umgehend: Versprachen Besserung und alles vorab mit uns zu erörtern.


Bis auf diesen Wermutstropfen flogen wir am 24. März wohlgemut und bestens gestimmt nach Larnaca. 9.40 ab FRA und 13.40 an LCA. Der Flug klappte sogar bestens. Melis, unser Taxifahrer seit 20 Jahren, holte uns ab und war leicht überrascht, dass er uns dieses Mal nicht zu uns, sondern in eine benachbarte Ferienwohnung chauffieren musste. Dafür redete er dieses Mal doppelt so viel wie sonst, was schon immer im Normalfall eine reife Leistung war, dieses Mal übertraf er sich selbst. Immerhin waren wir so ausführlich über das Wohlergehen seiner Familie und den gesamten Klatsch und Tratsch in unserer Siedlung auf dem neuesten Stand.

Als wir die angeheuerte Wohnung betraten, waren wir leicht überrascht: Geschnitten war sie ganz passabel, die Möblierung war aus der Zeit der Entstehung, die Sitzkissen auf Sessel und Sofa waren nötig, weil die Polster total durchgesessen waren. Dafür waren Küche und Bad aber relativ neu und ganz gut in Schuss. Uns fehlte natürlich eine ganze Menge, doch Helen kam sehr schnell und brachte einiges in Ordnung, setzte sich mit ihren verdreckten Jeans auf Ginas frisch bezogenes Bett, weil sie sonst an eine Steckdose nicht heran kam, dafür hatte sie keine Ahnung, wie man den Fernseher bedient. Der von ihr herbeigerufene Techniker, erklärte uns die Apparatur, es war wohl eine Art von Kabel-TV, denn deutschsprachige Sender konnte man nur über diverse Kniffe zum Leben erwecken, dort aber nur eine Handvoll völlig unbekannter Privatsender; offenbar war die Kabelgesellschaft nicht bereit, z.B. an ARD und ZDF, RTL, SAT1, ARTE etc. Lizenzgebühren zu zahlen. Wir verzichteten nach dem 2. Versuch gänzlich auf TV. Der Balkon der Wohnung war mehr ein ‚Austritt', denn mehr als 2 kleine Stühle plus Tischchen passten nicht darauf.

„Die zwei Wochen werden wir schon schaffen." meinte Gina mich trösten zu müssen, weil ich wohl etwas betrübt aus der Wäsche schaute, „und jetzt schauen wir mal, was Jon uns da hingestellt hat."

Nachdem Helen und der Techniker verschwunden waren, packte Gina unsere Koffer aus, ich ging runter zu unserer Siedlung, um unser kleines Auto in Gang zu setzen. Was tatsächlich nach dem 3. Versuch, wenn auch höchst widerwillig, ansprang. Die Abdeckplane unseres Wägelchens hatte ich soeben in unserm Store-Room verstaut, als Gina angeschlendert kam.

„Wehe, Du hast schon geguckt und das ohne mich."
Ich hatte nicht.
Gina schloss auf. Wir sahen weiß bis grau gepuderte Abdeckplanen und eine wirklich schlimm aussehende Wand.

„Das können wir wirklich nicht selbst wieder hinkriegen." stellte ich betrübt fest.

„Nun freu Dich lieber mal, dass wir wieder hier sind, freu Dich auf die neue Küche und mit der Wand wird sich schon was finden. Jetzt können wir eh nichts machen. Frühestens im Mai oder Juni – da muss erst mal alles durchtrocknen. Und jetzt schauen wir uns das Bad an."

Ich war schneller als Gina und hatte das Licht angeknipst – und war hin und weg. Jon hatte da richtig was gezaubert. Es war viel, viel schöner geworden, als ich je gedacht hatte.

„Und schau doch nur mal die Dusche – richtig schön groß! Ich freu mich schon auf unser gemeinsames duschen, wenn ich Dich dann einseife." grinste ich Gina an. Sie grinste zurück:

„Träum weiter."

„Hattest Du mir aber versprochen."

„Ich hatte gar nichts versprochen."

„Hattest Du doch."

„Hatte ich nicht, das bildest Du Dir nur ein. Ich hatte nur nicht widersprochen."

„Siehst Du? Also duschen wir doch zusammen. Spart außerdem Wasser – wo das hier doch so knapp ist."

„Ich hatte nichts zu dem Thema gesagt."

„Schweigen bedeutet im Rechtsverkehr Zustimmung."

„Seit wann verkehren wir rechtlich miteinander? Das hier ist privat. Privater geht's nicht. Und nun hör auf mit dem Thema. Und mit dem kleinen  Duschkopf – einer friert dann nur."

„Aber ich würde die Dusche natürlich vor allem nur auf Dich halten."

Gina sagte nun nichts mehr, aber ich fand, dass sie nicht mehr ganz so ablehnend schaute.

„Sieh mal, da ist die Dusche für das Hinterteil." strahlte ich sie jetzt an und deutete auf den kleinen Schlauch neben der Toilette mit Mini-Brausekopf.

„Wanne wäre viel praktischer gewesen."

„Nun freu Dich doch auch mal."

„Tu ich ja. Und trotzdem, wäre mir eine Wanne…"

Ich unterbrach sie.

„Die Beleuchtung ist auch voll gelungen. Finde ich. Und da oben in dem kleinen Kasten ist offenbar der neue Boiler drin. Wozu wohl die kleine rote Strippe dient?"

„Weiß ich auch nicht. Die Fliesen haben wir aber toll ausgesucht. Nur unten – da muss Jon noch zwischen Wand und Boden alles abdichten. Und morgen oder übermorgen, spätestens aber Mittwoch ziehen wir los. Wir brauchen unbedingt einen Schrank hier drin, wo wir alles unterbringen können. Den muss Jon uns dann abholen und dann auch die Handtuchstangen montieren. Gut, dass er das noch nicht gemacht hat."

„Morgen früh will ich aber erst mal ans Meer."

„Nix da. Morgen früh werden wir erst mal die Folien von den Möbeln abnehmen und dann alles aus den Küchenschränken ausräumen. Ich weiß nur nicht, wohin mit dem ganzen Kram."

„Ich aber. Auf die Betten und Dein Regal und die Kommode in Deinem Zimmer und auf die Frisiertoilette im Schlafzimmer."

„Das reicht nie und nimmer."

„Das reicht dicke. Und jetzt hab ich Hunger."

„Und wo wollen wir essen?"

„Da wir bereits mobil sind – beim Athos oder den Two Friends oder wir gehen zum Jimmy, da können wir laufen." Wir gingen zum Jimmy, Gina aß nur eine Kleinigkeit, ich futterte ein Filetsteak.

Da Gina alles Wesentliche für unser erstes Frühstück in der Ferienwohnung mitgebracht hatte, fing sie an, es vorzubereiten. Ich las derweil ein wenig in einem Buch, das sie mir zum Geburtstag geschenkt hatte: ‚Kaffee und Zigaretten‘ von Ferdinand von Schirach.

Kaum hatte ich ein paar Seiten geschmökert, war alles fertig.

„Los, nun komm, wir können nicht den ganzen Tag verplempern. Und wenn wir hier fertig sind, kannst Du mal eben hoch zum Papantoniou fahren und schon einiges besorgen – dann haben wir nachher mehr Zeit. Hier ist der Einkaufszettel.“

„Und was machst Du in der Zeit?“ fragte ich leicht irritiert.

„Ich gehe schon vor und wische einmal durch.“

„Das ist doch der reinste Blödsinn. Wenn James mit seiner Truppe morgen anfängt, die Fliesen in der Küche abzuschlagen, wird doch alles wieder dreckig.“

„So blöd kann man doch gar nicht sein.“

„Hm? Wie meinst Du das denn?“

„Im Wohnzimmer ist es ziemlich dreckig, auch wenn Jon versucht hat, alles einigermaßen sauber zu machen. Und wollen wir den Dreck jetzt ins Schlafzimmer und in mein Zimmer tragen, wenn wir die Schränke ausräumen?“

„Ach so.“ antwortete ich vorsichtig.

„Schön, dass Du's kapiert hast.“

„Dann sparst Du das Aufwischen, wenn James nächste Woche fertig ist.“

„Sag mal bist Du grade ein Dummerchen oder tust Du nur so. Das gibt noch genug Dreck. Und nun fahr schon.“

Gina ist sehr reinlich. Manchmal sehr, sehr reinlich. Aber ich werde mich hüten, eine Andeutung zu machen, dass sie mitunter zu reinlich sei. Dann ärgert sie sich nämlich über mich. Was man ja tunlichst vermeiden sollte. Also die eigene Frau zu ärgern. Obwohl sie dann immer richtig süß aussieht und sich so niedlich sträubt, wenn ich sie da in den Arm nehmen will. Und wenn sie dann nachgibt – also da ist sie richtig schön anschmiegsam. Trotzdem soll man sein angetrautes Eheweib nicht ärgern. Wenigstens nicht oft. Höchstens manchmal…

Da David, unser Gärtner, vor unserer Ankunft schon alle Gartenmöbel wieder rausgestellt hatte, konnte ich also losfahren, sie brauchte mich erst einmal nicht. Und als ich nach einer guten halben Stunde zurückkam – die Einkäufe hatte ich in der Wohnung im Skeleas Court verstaut – rief sie mir gleich zu:
„Du kannst jetzt nicht rein, ist noch alles feucht."
„Ich müsste aber mal unsere neue Toilette ausprobieren."
„Wehe. Setz Dich auf einen der Stühle da draußen. Kannst ja die Beine übereinanderschlagen. Dann hältst Du noch eine Weile durch."
„Aber nicht so sehr lange."
Nun, die Wartezeit war erträglich.

Gina hatte inzwischen Marina angerufen. Ob sie unsere alte Küche und das Sideboard haben wolle.
Marina ist eine Thailänderin, geht reihum zu den Leuten putzen. Übrigens macht sie das sehr, sehr gründlich. Anfangs wurde sie immer von Panayota, eine Zypriotin, die oben im Dorf einen kleinen Baumarkt betreibt, betreut. Inzwischen ist sie aber mit einem Engländer verheiratet, die Freundschaft zu Panayota blieb aber bestehen. Marina hatte gefragt, ob sie sich die Sachen mal ansehen könnte.

Um 11 Uhr kam sie zusammen mit Panayota. Sie wollte alles nehmen, konnte offenbar alles gebrauchen, auch unsern alten Kühlschrank.

„Aber holen müsst Ihr Euch das Zeugs schon selbst. Morgen kommen unsere Handwerker und nachmittags werdet Ihr sicher alles aufladen können. Wir rufen an, wenn alles parat steht."

„Wär doch mehr als schade gewesen, wenn alles auf der Müllhalde landet." meinte Gina und mir war das durchaus recht, denn so ganz im Stillen litt ich ziemlich, dass unser schönes Sideboard auf Nimmerwiedersehen verschwinden würde.

Nachmittags um 5 Uhr hatten wir alles leergeräumt und in den angrenzenden Zimmern verstaut. Immerhin, eine Stunde mittägliche Siesta war auch noch drin gewesen. Und ich hatte Gina überzeugen können, nicht erneut noch einmal aufzuwischen.

Die Wohnung sah nun richtig heimelig aus: Eine leere Küche, alle Möbel bis auf die Küche noch bzw. wieder mit Malerfolie zugehängt und in den beiden Zimmern alles vollgestellt. „Richtig zum Wohlfühlen, gelle?" sagte ich.

„Das geht halt nicht anders und in spätestens zwei Wochen ist alles wie neu. Pass mal auf. Freu Dich lieber, dass es morgen endlich losgeht."

„Ich arbeite daran. Muss wohl noch ein wenig üben."

„Brav, brav." lautete Ginas Replik.

# 7. Kapitel

Gina war unruhig, sie wollte unbedingt schon vor 9 Uhr parat stehen, wenn James und seine Leute kämen.

„Gemach, gemach. Punkt 9 reicht dicke. Die sind hier doch nie so pünktlich."

„Mag ja sein. Aber James ist Engländer und kein Zypriot. Und wenn der vor verschlossener Tür steht, haut er womöglich wieder ab."

„Quatsch. Dann ruft er an, er kennt schließlich unsere Telefonnummer."

„Nun komm schon, sei lieb." Gina ließ nicht locker.

Reichlich vor 9 Uhr betraten wir unsere kaum wiederzuerkennende Wohnung.

„Wir können uns ja raussetzen." schlug ich vor. Hast Du was zu lesen mit?"

Wir setzten uns auf die Terrasse in die Sonne. Es wurde 9.30 – kein James.

„Da hör ich was, einen Lastwagen. Ich glaub, jetzt kommen sie."

„Glaube ich eher nicht." antwortete ich.

Natürlich hatte ich recht. Leider.

„Willst Du ihn nicht mal anrufen? Ich hab nämlich keine Lust, hier den ganzen Vormittag umsonst herumzusitzen." maulte ich.

Da ich ziemlich schlecht höre - und noch schlechter gehorche, eben weil ich so schlecht höre – waren die Telefonate Ginas Aufgabe.

Sie ließ es ein Weilchen tuten – keine Verbindung.

„Meldet sich keiner." lautete ihr Resümee.

„Und nun?"

Wir schauten beide etwas ratlos.

„Ich mach uns jetzt mal einen Cyprus Coffee. Der Herd funktioniert ja schließlich noch."

Kaum hatte ich die Utensilien aus dem Chaos in Ginas Zimmer herausgesucht und das Wasser aufgesetzt, bimmelte unser Telefon.

„Ist James!" rief Gina mir zu.

Er war es tatsächlich. Wortreich entschuldigte er sich – es tue ihm sehr, sehr leid, aber heute würde es nicht mehr klappen, es sei bei einem anderen Kunden etwas dazwschen gekommen, dafür würde er aber morgen ganz bestimmt, punkt neun da sein.

„Na das fängt ja gut an. Hoffentlich wird das nicht zur Regel." motzte ich zwar leise, aber deutlich hörbar.

„Du immer mit Deinem Pessimismus. Auf einen Tag kommt es nun auch nicht an."

„Ich bin nicht pessimistisch, sondern realistisch. Hatte der Bursche nicht was von einer Woche erzählt? Die hat fünf Arbeitstage und jetzt sind's deren nur noch vier."

„Ich glaube, so exakt hatte er das mit der einen Woche nicht gemeint. Und wir haben ja unsere Wohnung für zwei Wochen gemietet. Also klappt alles. Positiv denken, Du Lieber, positiv! Und dafür fahren wir jetzt an den Strand."

Da der Pessimist liebevoll umarmt und mit einem Kuss bedacht wurde, wandelte er sich umgehend zum Optimisten. Wenigstens für heute.

Vom Strand aus rief sie noch Marina an, dass sich alles zeitlich verschieben würde.

James hielt Wort. Am nächsten Morgen kam er mit zwei Leuten. Schwer beladen. Sie hatten sämtliches Mobiliar mitgebracht und stellten uns den gesamten Wohn- und Essbereich damit voll. Und zwei große und einen kleinen Karton stellten sie auch noch bei uns ab: Kühlschrank, Geschirrspüler und die Dunstabzugshaube. Nach einer Stunde rückten sie wieder ab, morgen würde es weitergehen.

Am nächsten Tag warteten wir wieder, dass jemand kommen würde – wieder vergeblich. James entschuldigte sich wieder äußerst wortreich und vertröstete uns auf den Freitag. Aber auch am Freitag kam niemand, er habe ganz vergessen, dass Jack, so hieß der für uns vorgesehene Handwerker, am Freitag seinen ‚day-off‘ habe. Aber hoch und heilig versprochen: Am Montag früh würde sein Trupp mit Hochdruck loslegen.
„Glaubst Du immer noch, dass er am Ende der zweiten Woche fertig wird?"
Gina sagte gar nichts, sondern verschwand im Garten, um die verblühten Geranien abzuzupfen.

Am Montag sah es draußen ziemlich nach Regen aus. Aber Jack kam tatsächlich, um zusammen mit seinem Helfer die alte Küche zu entfernen. Wir hatten ihn gebeten, alles sehr vorsichtig auszubauen, weil ja Marina die Möbel haben wollte.
Wir hatten derweil beschlossen, nach Paphos zu fahren wegen des Badezimmerschranks, was Jack wohl auch lieber war, wenn er ohne ‚Aufsicht‘ werkeln könnte.
Wir fanden in einem Katalog einen Schrank, so, wie wir ihn haben wollten und fuhren dann noch zu James. Uns war schon bei der Anlieferung der Möbel aufgefallen gewesen, dass alle gelieferten Einzelstücke dunkelgrau waren, wir aber doch alles in weiß bestellt hatten bis auf ein paar farblich abgesetzte Unterteile. Zwar dachten wir uns schon, dass sicher noch alles weiß verkleidet würde, aber wir

wollte da doch lieber auf ‚Nummer Sicher' gehen. James bestätigte dann unsere Vermutung.

Als wir am späten Mittag wieder zurückkamen, hatte Jack mit seinem Helfer tatsächlich alles sehr sauber ausgebaut. Marina kam zusammen mit Panayota schon eine halbe Stunde später. Ohne Helfer, ohne Lkw. Die beiden Frauen versuchten Jack zu überreden, die Sachen auf seinen Wagen zu laden und ihr hoch ins Dorf zu fahren, aber Jack lehnte ab – es war wohl zu viel an zusätzlicher Arbeit für ihn.

„Heute am Spätnahmittag soll es regnen, Ihr solltet das also irgendwie arrangieren, dass die Sachen ins Trockene kommen." gab Gina Panayota und Marina zu bedenken. Die daraufhin ein Weilchen telefonierten und dann wohl eine Lösung gefunden hatten.

Wir gingen in unsere Mietwohnung, aßen eine Kleinigkeit und schlossen eine kleine Siesta an. Und fast schon erwartungsgemäß – als wir um 15.30 Uhr wieder auf unsere ‚Baustelle' kamen, war Jack längst abgerückt. Aber das sahen wir sehr entspannt, denn er hatte uns versprochen, am nächsten Tag weiterzumachen.

Jack war auch Engländer. Aber was Zusagen angeht, wohl doch eher ein Zypriot. Wobei wir einige Tage später merkten, dass er ‚nur' der Handwerker war, denn was er, wann, wo und für wen arbeitete, bestimmten wohl James und Justin, der so etwas wie ein Bauleiter war. Kurzum – Jack kam mitnichten, James vertröstete uns auf den darauffolgenden Tag.

Sie kamen allerdings wieder erst nach einem Tag Pause, zu dritt: Besagter Justin, Jack und seine Hilfskraft. Und sie kamen sogar pünktlich.

Aus der Unterhaltung mit Justin merkten wir, dass es zwischen ihm und James wohl mitunter Spannungen gab, denn als wir ihm sagten, dass James uns den gestrigen Tag zur Fortsetzung der Arbeiten zugesagt hatte, grinste er nur und meinte dem Sinne nach, James sagt viel, wenn der Tag lang ist. Der hat doch keine Ahnung. Dann ließ er uns stehen und diskutierte mit Jack. Wobei wir von ihrem englisch praktisch kein Wort verstanden, vermutlich sprachen sie in einem walisischen Dialekt. Es ging wohl um Jacks weitere Arbeiten. Danach bemalte Justin mit einem roten Filzstift unsere schönen Wände und einen Teil der neuen Möbel. Wo und wie die Elektrik zu verlegen sei, wo Steckdosen und Schalter hinkommen sollten, was mit der alten Dunstabzugshaube wer wann macht und, und, und.

Gina und ich flüchteten vor dem anstehenden Dreck. Jack wollte nämlich die alten Fliesen abschlagen, und außerdem mit einem Pressluftbohrer die Fundamente von den alten Küchenunterschränken entfernen.

Als wir mittags mal kurz hereinschauten, waren er und sein Helfer weißgepudert, sie waren soeben dabei, alles, was sie abgeschlagen und losgestemmt hatten, in zwei Tonnen zu verfrachten und wollte dann sauber machen. Und wenn sie dann noch Zeit hatten, wollten sie auch noch die Schlitze für die neu zu verlegenden Elektrokabel in die Wand schneiden.

Um 16.00 war erwartungsgemäß keiner von den zwei Helden noch da. Die Schlitze hatten sie gar nicht erst angefangen.

„Macht nichts – Justin hat ja gesagt, dass sie morgen weitermachen." verkündete Gina hoffnungsfroh. Und da ich nicht wieder Pessimist geschimpft werden wollte, schwieg ich lieber. Justin war nach meiner Meinung nämlich ein großes Schlitzohr – verlässlich sieht anders aus.

Diese Erkenntnis konnte ich Gina am nächsten Tag vermitteln, denn es ließ sich wieder keiner blicken.

„Siehst Du, Du hast wieder negativ gedacht und damit das Negative angezogen." Immerhin, Gina lächelte, als sie es sagte. Aber mich stach der Hafer – ich wollte, ja musste das Thema vertiefen.

„Du meinst aber nicht wirklich, dass Jack heute gekommen wäre, wenn…"

Gina ließ mich nicht ausreden:

„Doch, das meine ich."

„Ha, ha. Ha. Der hat heute seinen day-off. Schon vergessen?"

Gina streckte mir die Zunge raus. Was immer sehr süß aussieht. Früher hätte ich versucht, die küssend einzufangen, aber inzwischen unterlasse ich solche Versuche, weil die dazu notwendige und vor allem blitzschnelle Bewegung meinerseits meinem ja schon leicht angejahrten Rücken möglicherweise nicht bekommen könnte.

„Weißt Du was, Gina? Ich glaube, die Engländer haben hier schon die 4-Tage-Woche eingeführt."

„Blödmann."

So waren wir beide ganz perplex – Jack tauchte am Samstag um 9.30 Uhr auf, dieses Mal allein, um die Schlitze für die elektrischen Leitungen zu stemmen. Eigentlich wären wir schon weg gewesen, dann wäre die Überraschung bei unserer Rückkehr noch größer ausgefallen. Wir hatten James nämlich gleich am ersten Tag einen Schlüssel gegeben – so hätte Jack herein gekonnt und nicht wieder unverrichteter Dinge abziehen müssen.

Gina und ich fuhren an den Strand. Die Sonne lachte – in Richtung Troodos-Gebirge sah es allerdings sehr nach Regen aus. Aber der war weit weg.

Als wir dann – wir hatten den Strand mal wieder ganz für uns – auf unsern Matten lagen, war es richtig schön und die Sonne brannte ordentlich auf der Haut. Ich nur im Adamskostüm, Gina hatte nur ihre Jacke ausgezogen.

Ich richtete mich auf.

„Du willst doch nicht etwa…"

Weiter kam sie nicht, denn ich rannte schon zum Wasser. Meine Güte, war das kalt. Ich dachte nur ‚Indianer kennen keinen Schmerz' und ging tatsächlich ganz rein. Geschätzt 13°C, gefühlt höchstens 10°. Nach etwa 45 Sekunden war ich wieder draußen. Im Warmen. Geschätzt 20°C – sehr angenehm.

Gina war mir nachgegangen und wedelte mit dem Handtuch.

„Brauch ich nicht, ich laufe mich jetzt trocken."

„Du spinnst ja total."

Ich musste es zugeben – so richtig warm fühlten sich die vermutlich 25° C in der Sonne wegen des Windes nicht an, aber dadurch war ich in wenigen Minuten trocken und fühlte mich verflixt kalt an. Aber auf der Matte war der Wind fast weg und ich taute langsam wieder auf.

Gina saß neben mir auf der Matte und grinste – wie ich fand, sehr, sehr frech.

„Was grinst Du so albern?"

Jetzt lachte sie richtig.

„So süß und klein…"

„Hm?"

„Kohle Feut un Nordenwind mokt krus den Büdel und lütt den Pint."

Dann bekam ich einen Kuss.

„Bist Du grade frech?"

„Nö, wieso? Und ne kalte Schnute hast Du auch. Und nun zieh Dich endlich an, ich will los."

„Zu Anna?"

„Wohin denn sonst."

Annas kleine Taverne lag auf dem Weg. Seit vielen Jahren kehren wir da regelmäßig ein, wenn wir auf Zypern sind, immer nach unserm Besuch am Strand, trinken bei ihr unsern Cyprus Coffee Sketo, sie macht den besten.

Als sie uns sah, freute sie sich richtig, strahlte uns an und kam mit ausgebreiteten Armen auf uns zu, umarmte und küsste uns beide. Die zuschauenden Zyprioten grinsten dazu sehr freundlich, viele von ihnen kannten uns vom Sehen, so wie wir sie auch.

Nachdem sie uns den Café serviert und ein paar selbst gemachte Keksröllchen mit Sesam ummantelt dazu gestellt hatte, fragte ich ganz zaghaft:

„Und was machen wir nun?"

„Wie meinst Du das?"

„Heute ist Freitag und am Montag müssen wir aus Helens Wohnung raus."

„Ganz einfach. Ich frage sie, ob wir noch eine Woche verlängern können."

„Und wenn nicht?"

„Ist doch noch Vorsaison. Wird schon klappen."

„Eigentlich habe ich dazu überhaupt keine Lust."

„Sondern?"

„Meinst Du nicht, wenn wir auf den Betten alles zusammenrücken, dass wir wieder einziehen können?"

Gina sagte erst einmal gar nichts. Schaute mich aber unverwandt und obendrein sehr lieb an.

„Wär mir auch am liebsten. Denn beim Pelekanos in den Appartements – bitte nicht."

„Dann ist ja alles klar." erwiderte ich erleichtert.

„Nicht so ganz. Ich brauche mittags eine Stunde Ruhe. Und das, wenn die Leutchen da rumrumoren? Aber jetzt frag ich erst mal Helen."

„Jetzt gleich?"

„Mach ich bei uns. Ist so laut hier."

Als wir nach Hause kamen, war Jack fast fertig. Es sah kriminell aus. Denn offenbar verlegen Engländer elektrische Leitungen so, wie die Zyprioten auch: Kreuz und quer, nie rechtwinklig, sondern immer schön direttissima. Unsere Küchenwand hatte mehrere Schlitze erhalten: Von oben schräg nach unten zu den geplanten Steckdosen, eine weitere schräg von unten nach oben zur vorgesehenen Steckdose im Besenschrank und noch ein paar weitere ‚Lines'. In die Schlitze hatte er schon die Leerrohre eingefügt, an deren Enden die Drähte herausschauten und damit die Rohre nicht wieder herausfielen, hatte Jack sie im Abstand von 50 bis 60 cm jeweils mit einem Klacks Zement versehen. Ein Anblick, der ihn mit Stolz erfüllte, uns einen leichten Schauer versetzte. „Wehe, wenn man da mal irgendwo einen Nagel in die Wand hauen will." murmelte ich leise.

„Musst Du nicht, da sind dann doch die Hängeschränke." tröstete Gina.

Jack avisierte sein nächstes Erscheinen für den Montag.

8.Kapitel

Helen hatte uns wissen lassen, dass die Wohnung leider schon am nächsten Tag wieder vermietet würde. Es half nichts, wir mussten also raus und in das ,geliebte Chaos' übersiedeln. Aber dank Gina, hatten wir durch ein Telefonat eine tolle Lösung gefunden, dass wir tagsüber wenigstens Ruhe haben würden vor dem Dreck und Lärm der Handwerker.

Wir hatten so sehr gehofft, dass Johannes und Annely, unsere Wiener Freunde, auch da sein würden. Aber bei den beiden war alles ziemlich durcheinander geraten.
Im letzten Herbst hatte Johannes Rücken ihm mehr und mehr Probleme gemacht, er hatte häufig ziemliche Schmerzen und daher beschlossen, sich in Wien operieren zu lassen.
Das war wohl weitgehend danebengegangen, die Schmerzen hatte er immer noch – sie verschwanden erst später, wohl nach der dritten OP. Dafür hatten ihm die Ärzte jede Menge anderer Probleme zugefügt, die wieder eine Reihe von Operationen notwendig machten. Bisher ohne Erfolg.
Ich hatte zeitlich fast parallel dazu große Probleme mit meinen Augen bekommen – ich konnte immer schlechter sehen. Gina hatte mich bei einem Professor in Darmstadt angemeldet. Der war so überlaufen, dass ich einen Untersuchungstermin erst Ende März des darauffolgenden Jahres bekam. Das hatte Gina so nebenbei Annely am Telefon erzählt, als sie mal wieder bei ihr anrief, um sich nach Jo-

hannes zu erkundigen. Und Annely hatte sofort Rat gewusst: Sie kannte einen sehr guten Augenarzt in Wien, bei dem sie mich anmeldete. Ich bekam noch im Dezember einen Termin und sie lud uns ein, nach Wien zu kommen und bei ihr zu wohnen.

Es wurde eine ganz wundervolle Woche bei ihr und mit ihr in Wien. Der Augenarzt konstatierte eine Makuladegeneration, die er auch sogleich behandelte und mir vor allem auch sagte, was zu Hause zu tun sei. Annely entpuppte sich als wahres Organisationsgenie, sie hatte uns die Taxifahrt vom und zum Flughafen organisiert, sie beschaffte Karten für einen Besuch des Burgtheaters, sie ging mit uns auf den Weihnachtsmarkt (der schönste, den wir je gesehen hatten) und vor allem hatten wir auch jede Menge an anregenden Gesprächen mit ihr – aber das alles doch auch mit einem ganz dicken Wermutstropfen versehen, denn Johannes lag immer noch in der Klinik. Als wir ihn besuchten, fanden wir ihn verständlicherweise ziemlich deprimiert vor. Er fasste seinen Zustand (leider) sehr treffend zusammen:

„Als Gesunder bin ich in die Klinik gegangen, als Krüppel komme ich wieder raus."

Gina hatte Annely nun wieder angerufen, dieses Mal aus Zypern, weil wir eben doch sie und ihren Johannes recht vermissten. Im Laufe des Telefonats berichtete sie auch von unserer Küchenodyssee. Annely nahm es sehr locker, indem sie meinte, ihr Haus stehe ja leer, da könnten wir uns doch wenigstens tagsüber aufhalten, der Schlüssel läge ‚da und da', Strom und Wasser müssten wir uns nur anstellen, dann könnten wir auch kochen. Um den Hals fallen konnten wir ihr nicht – das ging am Telefon arg schlecht.

„Siehst Du, nun haben wir schon wieder ein Problem gelöst: Ich kann mich mittags auf einem Gästebett ausruhen und Du Dich in die Sonne legen. Und essen können wir bei Annely auch, zumal kochen bei den Zweien auch ganz prima geht. Die Annely ist ein Schatz." erläuterte mir Gina die Situation.

„Woll wahr."

„Und jetzt packe ich schon ein wenig und nach dem Frühstück ziehen wir um."

Wir hatten dafür alle Zeit der Welt, denn von Jack war weit und breit nichts zu sehen. Das Telefonat mit James war etwas ernüchternd, denn er meinte, es müsse jemand da sein, wenigstens um die Küchenwand zu verputzen.

Er hatte uns Jim, ebenfalls einen Engländer, bei seinem ersten Besuch vorgestellt. Der würde auch im Sommer unsere Innenwand in Ordnung bringen. Als wir dann mit ihm das erste Mal gesprochen hatten, avisierten wir ihm auch die Reparatur der Außenwand, die er dann Monate später im August auch tatsächlich im Auftrag des Management-Committees durchführte, weil der eigentlich vorgesehene zypriotische Unternehmer keine Zeit dafür hatte.

Als wir mittags vom Strand und unsern Einkäufen zurückkamen, war tatsächlich jemand da gewesen, denn die rechte Küchenwand war – man sah es nur, wenn man ganz genau hinschaute - jetzt mit einem Hauch von Spachtelmasse verputzt worden. Es war wohl Jim gewesen, der uns mit seiner Anwesenheit beehrt hatte. Die Seite mit den Leerohren für die Elektrik sah unverändert aus. Vielleicht hatte Jim ja die dafür notwendige Spachtelmasse vergessen?

Ich konnte es nicht lassen. Wohl vor allem auch deshalb, weil es so sehr langsam voran ging.

„Jetzt sind zwei Wochen rum und selbst bei einer Zugabe von 100% zu Jamess ursprünglichem Versprechen von einer Woche ‚Bauzeit' werden es bei dem Tempo mindestens sechs Wochen werden. Also Faktor 6, mit viel Wohlwollen Faktor 3. D.h. er wird nie und nimmer in den fünf Wochen fertig, die wir hier sind. Kannst Du mir mal verraten, warum wir uns das antun?"

„Weil wir's schön haben wollen?" lächelte mich Gina recht lieb an, um mich zu beruhigen. „Pass mal auf – unsere Küche wird genauso schön wie unser Bad schön geworden ist."

„Da wolltest Du doch aber lieber eine doofe Wanne haben."

„Na ja, da könnten wir aber nicht zusammen duschen."

„Komm mal her – muss Dich mal drücken. Du hast mir eben versprochen, dass wir gemeinsam duschen."

„Ich glaube, da haben Dir gerade Deine Hörgeräte einen kleinen Streich gespielt? Ich habe gar nichts versprochen, sondern lediglich festgestellt, dass man das in einer Badewanne nur schlecht kann. Und jetzt hör ja mit dem Thema auf. Du nervst nämlich gerade."

Gina ließ sich dann aber doch und offenbar recht gerne in den Arm nehmen und drücken.

„Dann müssen wir im Juni nochmal kommen. Und am besten gleich drei Wochen in der Hoffnung, dass James es dann schafft?" Ich wollte das Eisen schmieden, so lange es heiß war.

„Du sollst mich nicht nerven." Gina versuchte, mich streng anzusehen, was aber irgendwie nicht so recht gelang. Die Chancen auf drei Wochen mit Sonne pur und viel Wärme, stiegen soeben beträchtlich.

„Müssen wir schon deshalb machen, weil Jim doch dann innen unsere Wand in Ordnung bringt."

Gina liebt Zypern zwar auch, aber sie leidet auch immer ein wenig, weil sie da weder malen noch keramiken kann. Also künstlerisch zum Nichtstun verdammt ist. Mir geht es da erheblich besser, denn das Laptop kann ich immer mitnehmen und halte mich damit stets gut beschäftig.

Gina ging folgerichtig auf mein Argument, Jims Arbeit überwachen zu müssen, mit keiner Silbe ein. Stattdessen meinte sie:

„Ich bekomme langsam Appetit. Ich geh jetzt runter zu Johannes und Annely und bereite unsern Lunch vor. Und damit Du Dich nicht langweilst, kannst Du schon mal anfangen, unsere neuen Küchenmöbel, die da so wild gewürfelt herumstehen, sauber zu machen. Die sind nämlich total verdreckt von dem Staub, den Jack und Co. beim Abschlagen der Fliesen und rausstemmen der alten Fundamente produziert haben. Und die Schlitze für die Leitungen haben die auch nicht mit einem Staubbeutel drunter produziert. In einer halben Stunde kannst Du nachkommen, dann ist der Tisch gedeckt."

Selbst ich hatte gesehen, dass unsere ‚Küchenrohlinge' leicht gepudert wirkten.

„Wie mach ich das sauber?"

„Das ist ja wohl nicht Dein Ernst. Nimmst den Eimer, den Lappen aus dem Bad und in das Wasser kommt ein wenig Spüli. Und wenn es dreckig aussieht, wechselst Du das Wasser. Alles klar?"

Sie schaute mich ernst bis zweifelnd an und ergänzte noch recht verächtlich: „Männer…"

„…sind sehr liebe Menschen." vollendete ich ihren begonnenen Satz und grinste sie an.

„Kann schon sein. Manchmal wenigstens. Und sogar meistens …wenn Ihr was von uns wollt."

„Was meinst Du da?"

„Die Rolle ‚ahnungsloser Engel' beherrschst Du auch nicht grade besonders gut."

Und schon war Gina weg. Brav, wohlerzogen und einigermaßen gut dressiert und vielleicht sogar ein wenig domestiziert wie ich bin, füllte ich den Eimer mit Wasser, fügte etwas Spüli hinzu und begann mit der Reinigungsprozedur. Mit dem Besenschrank fing ich an. Erst mal oben, weil ich mich da nicht bücken musste. Und da ich mit angemessener, also der Würde meiner fortgeschrittenen Jugendlichkeit entsprechenden Eile ans Werk ging, brauchte ich etwa 15 Minuten für die Rüstzeit, sodass 10 Minuten für Arbeitszeit am ausgesuchten Werkstück verblieben. Denn 5 Minuten brauchte ich für den Weg zu Gina. Als ich bei ihr war, fragte sie auch nicht, ob ich schon fertig sei, sondern meinte:

„Und – womit hast Du angefangen?"

„Mit dem Besenschrank."

„Und, ist das Wasser sehr schmutzig?"

„Glaube ja."

Beim Lunch sprachen wir über den rasanten Fortschritt der Arbeit an unserer Küche.

„Willst Du James nochmal anrufen?" fragte ich.

„Weiß nicht so recht, ob das was bringt. Wer hat bei denen eigentlich das Sagen? James oder Justin? Ich werde mal den Justin anrufen. Ich habe nämlich fast den Eindruck, dass der die Arbeit einteilt."


Nach der Siesta rief Gina bei Justin an. Sie ließ es endlos klingeln, aber er hob nicht ab.

Immerhin – kurz vor 18 Uhr rief er zurück.

Ginas Minenspiel war während des Telefonats nichts zu entnehmen. Als sie aufgelegt hatte, klang das Ergebnis ganz zuversichtlich:

„Morgen machen sie weiter."

Am nächsten Morgen kam natürlich niemand. Ich war nur noch am Schimpfen und meine Stimmung war bei null.

Dafür war es am Strand sehr schön. Und Annas Café war wieder köstlich. Gina ist ja eigentlich Teetrinkerin. Aber von Annas Café nippte sie doch immer ein wenig, mittlerweile schmeckt er ihr so gut, dass von ihrer Tasse für mich meist nur noch ein kleiner Schluck übrig bleibt. Anschließend fuhren wir noch zu Papantonious Supermarkt und kauften ein. Und inzwischen war tatsächlich jemand da gewesen – wohl wieder Jim, denn die Leerrohre waren nun auch alle verputzt und die Wand entsprechend nass.

Ein Anruf bei James, wie es nun weitergehe, klang nicht gerade vielversprechend, er meinte nämlich, man könne erst weitermachen, wenn die Wand trocken sei. Dämlich, wie wir beide sind, glaubten wir ihm und freuten uns sogar, als er am nächsten Morgen ein Trocknungsgerät vorbeibrachte, damit der Putz schneller austrockne.

Wir haben es erst hinterher gemerkt: Da wo der frische Putz aufgebracht worden war, würden gar keine Möbel stehen – es waren die Teile der Wand, die ganz zum Schluss, wenn alles eingebaut war, verfliest oder mit einer anderen Abdeckung versehen würden. Also hätten Jamess oder Justins Mannen sehr wohl weiter arbeiten können.

So ging die dritte Woche ohne jeden ‚Baufortschritt' zu Ende.

Am Freitag schickten wir – immer noch arglos – James eine Mail, in der ich etwas ‚deutlicher' wurde. Gina hatte etwas Mühe, mich davon abzuhalten, mit der Einschaltung eines Anwalts zu drohen. Keine Antwort. Aber am Sonntag früh erhielten wir auf dem Handy eine SMS von James: Es tue ihm alles sehr leid, aber er würde jetzt alles tun, dass es zügig voran gehe. Allerdings müsse er wegen eines Trauerfalles bis zum Donnerstag in England bleiben. Aber am Montag gehe es auf jeden Fall weiter.

Wir waren irgendwie ratlos. Einerseits war ja so eine unverhoffte Ferienwoche ganz schön und gut, wenn man mal von dem Chaos in unserer Wohnung absah. Ich schwankte zwischen Wut, hilfloser Verzweiflung, stiller Resignation und heiterer Gelassenheit hin und her. Gina konnte damit wesentlich besser umgehen, weil ihr negative Emotionen so gänzlich abgehen. Höchstens, dass sie mal kurz schimpft, aber nach ein bis zwei Minuten ist sie schon wieder so ausgeglichen, wie sie es immer ist.

Immerhin – als wir vormittags in unserer ‚Freiwoche' mal wieder unterwegs gewesen waren, hatte Jack uns wohl mit seiner Anwesenheit kurz beehrt, denn der Besenschrank stand jetzt da, wo er mal hinsollte und die Unterschränke für den Ausguss, den Geschirrspüler und die Waschmaschine standen richtig an Ort und Stelle.

So ging die dritte Woche unseres Ferienaufenthalts zu Ende.

## 9.Kapitel

Klar, dass wir nun hofften, dass es nach so viel an Verzögerung endlich voran gehen würde mit der Vollendung der Küche.

Und tatsächlich kreuzte Jack am Montag pünktlich um 9 Uhr auf. Er fing an, in die aufgestellten Rohlinge der Unterschränke alle notwendigen Löcher für die Wasserzufuhr und die Abflüsse zu bohren. Außerdem verlegte er eine Fliese auf dem Boden: An der Stelle, wo ehedem die Fundamente für die alten Unterschränke gestanden hatten.

Dass er schon nach geschätzt zwei Stunden wieder fort sein würde – damit hatten wir allerdings nicht gerechnet.

Am Dienstag sollte wohl die Bodenfliese trocknen, denn erst am Mittwoch schien es dann richtig weiter zu gehen. James wusste ja, dass wir in eineinhalb Wochen am Montag wieder heimfliegen würden und er versuchte daher wohl, wieder Boden gutzumachen. Und das, obwohl er ja in England war. Vielleicht hatte er auch Justin ein wenig Dampf gemacht, indem er ihm verklarte, wer der Chef der Company sei. Denn wir hörten plötzlich kein skeptisches, geschweige denn spöttisches oder gar verächtliches Wort über James.

Gleich früh um 9 Uhr wurden alle weiß lackierten Teile für die Verkleidung des Mobiliars gebracht. Und auch Justin machte uns seine Aufwartung. Er zeigte uns den ausgesuchten Ausguss und verkündete, dass der einen Sprung habe und obendrein wollte er uns das Design der neuen Steckdosen zeigen.

Tage zuvor hatten Gina und ich uns den Besenschrank angesehen und waren zu der Überzeugung gelangt, dass er viel zu mächtig geraten sei. Wir fragten Justin, ob er ihn auch halb so groß machen könne. Er grinste uns frech an. „No problem." erwiderte er.

Wir beschlossen sodann bei so viel Manpower lieber das Weite zu suchen und fuhren wieder an den Strand.

Als wir mittags zurückkamen, war einerseits ein kleines Wunder geschehen, denn der Besenschrank, nun klein und zierlich, stand an Ort und Stelle, andererseits waren wir einer Ohnmacht nahe: Die Arbeitsplatte hatte man für den Ausguss fein säuberlich ausgeschnitten. Was ja sein musste. Aber man hatte es so ‚intelligent' angefangen, dass das Ablaufbrett der Spüle bis rechts an die Küchenwand reichte. Ergebnis: Die dort befindlichen Steckdosen würde man nicht nutzen können. Und dann schauten wir uns die Arbeitsplatte genauer an: Sie war ein dunkelbraunes Holzimitat. Wir waren uns beide absolut sicher, dass wir die nie ausgesucht hatten.
Inzwischen hatten Jack und seine Mannen ihr Tagwerk vollbracht und waren wieder abgerückt.

Erwartungsgemäß ließ sich am Donnerstag wieder niemand blicken. Dieses Mal waren wir froh darum, denn die Arbeitsplatte war inakzeptabel. Und von der vom Design her so schönen Spüle wollten wir auch nichts mehr wissen. Nicht weil sie defekt war und ausgetauscht werden musste, sondern weil wir die zugehörige Gebrauchsanweisung studiert hatten. Und da genauestens vor allem das, was man mit dem Ding alles nicht machen dürfe: Kein kochendes

Wasser, keine stark färbenden Gegenstände, keinesfalls mit Scheuersand in Berührung bringen und, und, und.

„Man soll ja immer alles positiv sehen." lächelte ich Gina vorsichtig an.

„Was meinst Du damit?"

Gina sah mich sehr skeptisch an – sie ‚traute dem Braten' offensichtlich nicht so recht.

„In die Spüle darf nur klares, warmes Wasser mit Spüli, sonst offenbar nichts? Oder habe ich da im Users Manual was falsch verstanden."

„Ganz so schlimm ist's zwar nicht, aber es kommt der Wahrheit schon ziemlich nahe. Und was machen wir nun? Ich wüsste was."

„Doch lieber Edelstahl?"

„Bist also gar nicht so dumm, wie Du Dich immer anstellst. Einmal einen Topf mit Resten von roter Beete da rein oder eine Pfanne mit angebrannten Zwiebeln drin geschrubbt – na, und dann immer Dein Kaffeesatz in dem Ding entsorgt – ich glaube, in vier Wochen würde das schöne Design-spülbecken schon total verdreckt wirken. Ob James da mit-macht?"

„Er muss. Aber in Edelstahl ist es sogar billiger. Die sind nämlich Standard. Kunststoff ist neuer, ist Design und das will bezahlt sein. Nur…"

„Nur was?"

„Ach lass mal."

„Los nun red schon." Gina ließ nicht locker. Was ich mir hätte denken können. Immer, wenn ich mal eine Andeu-tung mache, hakt sie nach.

„Im Bad die Duschwanne ist auch so eine in Design und aus Plastik. Müssen wir uns jetzt vorher mit dem Garten-schlauch säubern, bevor wir unsere Duschwanne betreten dürfen?"

„Hm." Gina lächelte lieb aber auch sehr maliziös, wie ich fand.

„Ich höre?"

Nun lachte sie richtig.

„Ich brauche das sicher nicht, aber bei Dir wäre es vielleicht angebracht."

„Tust ja so, als wenn ich ein Dreckschwein wäre."

„Na, das bist Du vielleicht nicht gerade, aber Deine Füße…"

„Was ist bitteschön mit meinen Füßen?"

Ich kannte die Diskussion bestens, stellte mich aber jetzt dumm, was ich ganz gut kann und unwissend, was ich nur zu oft wirklich auch bin.

„Die sind dreckig."

„Wo sind die bitteschön dreckig?"

„Du bist barfuß am Strand rumgelaufen."

„Das ist kein Dreck, sondern von lieblichen Meereswellen gereinigter Sand. Tust ja so, als wenn die immer schwarz wären."

„Fast. Viel fehlt da nicht."

„Die sind nicht schwarz, sondern höchstens ein wenig staubig. Staub ist kein Dreck. Und das bisschen Staub wird wohl kaum die Duschwanne verfärben."

„Trotzdem – Du bist ein Ferkel."

„Und Du hast einen süßen Reinlichkeits-Spleen. Und bist eine Wasserverschwenderin." wehrte ich mich.

„Dafür aber sauber."

„Bin ich auch."

„Aber nur, wenn Du Dir die Füße mit Seife wäschst."

„Mache ich doch."

„Machst Du nie."

„Mach ich doch, aber nur wenn sie dreckig sind."

„Komisch – sonst hab ich Dich ja einigermaßen erziehen können, aber da willst Du partout nicht hören."

„Wenn Du das auch noch schaffst, wäre ich ja vollkommen."

Wir mussten jetzt beide ziemlich lachen. Immerhin ließ sich Gina von ihrem kleinen, großen Ferkel widerspruchslos in den Arm nehmen.

Am Freitag fiel vormittags der Strand aus – wir fuhren stattdessen nach Paphos, um mit James zu reden, der inzwischen von der Beerdigung in England wieder zurück war. Er erzählte uns, dass die beste Freundin seiner Frau gestorben war - Krebs.

Zunächst stand das Thema Arbeitsplatte an. James sah das total entspannt. Wir suchten wieder in seiner Riesenauswahl und hatten Glück – es dauerte keine fünf Minuten und wir hatten das Muster wiedergefunden, das wir im Herbst ausgesucht hatten. Und auch der Tausch der Spüle war kein Problem.

James meinte dann, wir müssten uns auch noch über die Verkleidung der Küchenwand Gedanken machen. Man könne die natürlich auch mit Fliesen versehen, aber es gebe mittlerweile doch sehr viel schönere und bessere Lösungen, vor allem auch sauberere, denn später dann von verspritztem Fett geschwärzte Fugen zwischen den Fliesen, würden uns doch sicher nicht sonderlich gefallen. Und dass es da in der Tat schon länger andere Lösungen gab, hatten wir in Annelys Küche gesehen – dort war die Küchenwand zwischen Hängeschränken und Arbeitsplatte mit durchgehendem Spiegel versehen. Nach langem Hin und Her entschieden wir uns für Glas, das farblich zu der Verkleidung der Schränke passend, eingefärbt würde. James meinte, das müsse aber erst hergestellt werden und würde ein paar Tage dauern.

Doch wo wir nun schon so lange auf die Fertigstellung unserer Küche gewartet hatten – kam es da wirklich auf wenige Tage an? Wir meinten ‚nein' und beauftragte James also mit der gläsernen Rückwand.

Und kaum waren wir damit fertig, sagte James etwas, was uns aufhorchen ließ:

„Ich finde eine Lösung für Euch – Ihr habt so lange warten müssen, dass die Küche fertig wird. Ich lass mir als Wiedergutmachung mit der Rechnung etwas einfallen."

Wir hatten etwas Mühe, Gesichter zu machen, dass das wohl selbstverständlich sei und uns ja unsere Freude über die Honorigkeit nicht anmerken zu lassen. Da James etwas verstohlen grinste, hatten wir das wohl nicht so ganz hinbekommen.

Gina nutze die Gelegenheit.

„James, wir wollten eigentlich auch noch die Schranktüren von den Einbauschränken in den beiden Schlafzimmern erneuern. Machst Du so etwas auch?"

Natürlich machte James so etwas auch. Und er strahlte richtig, weil ihm spätestens jetzt klar war, dass wir nicht mehr sauer auf ihn waren, weil er uns zeitlich so hatte hängen lassen.

„Aber das machen wir dann beim nächsten Mal, das bekomme ich jetzt nicht mehr hin."

„No problem." antworteten wir in landesüblicher Manier.

„Und am Montag geht's bei Euch weiter." ließ er sich abschließend vernehmen.


Wir fuhren dann noch in Jons Badezimmer-Shop. Dass der ausgesuchte Schrank schon da war, wussten wir bereits, aber wir brauchten noch ein paar Handtuchhalter und ein paar Haken für die Wand. Wir wurden schnell fündig und fuhren danach zum Marktplatz. Gina aß einen Salat, mich hatte wieder die Fleischeslust am Wickel und ich orderte

Chicken Kebab, also einen Spieß mit gegrillten Hähnchen-filet-Stücken, dazu Salat und Pommes Frites.

Solchermaßen gestärkt, freuten wir uns auf ein weiteres Wochenende in unserm Chaos, gemildert durch das Asyl, das uns Johannes und Annelys Domizil bot...

## 10. Kapitel

Die fünfte und letzte Woche unseres Ferienaufenthalts stand bevor. Ob James Leute es wohl noch schaffen würden?

Jack kam tatsächlich am Montag früh kurz nach 9 Uhr.
Er hatte noch ein größeres Paket mitgebracht: Es enthielt die Magic Corner.
„Do you need our help?" fragten wir höflichkeitshalber und erwartungsgemäß lehnte er dankend ab. Wir wollten gerade zum Strand aufbrechen, als wir draußen Jon erspähten – er war so groß, dass sein Kopf locker über unsere Hecke reichte. Kaum war er bei uns eingebogen, sahen wir, dass er einen etwa 1,50 m langen Karton unter dem Arm hatte – Martine im Schlepptau, sie trug das Ende des Kartons: Sie hatten den Badezimmerschrank gebracht, den Jon nun montieren wollte.
Wie üblich, begrüßten sich Gina und Martine mit Küsschen links und Küsschen rechts, Jon und ich grinsten uns derweil freundlich an, dann hielt mir Martine erst die eine, dann die andere Wange hin, Jon grinste erneut und küsste dann Gina beidseitig. Was sowohl bei den Engländern, erst recht bei den Zyprioten so üblich ist, zumindest, wenn man sich ein wenig näher kennt und sich nicht grade unsympathisch ist. Dafür vermeidet es man tunlichst, sich die Hand zu schütteln. Eigentlich sehr hygienisch.

Martine verschwand nach der Begrüßung sogleich in Richtung ihres Hauses, um ihren Logiergästen neue Handtücher zu bringen, Jon schlitzte derweil schwitzend schon fleißig den Karton des Badezimmerschränkchens – besser wohl gesagt schon ein Schrank – auf. Dann umarmte er das Möbel und trug es gleich bis zum Bad.

„Und, wo soll das Ding nun hin?"

Er wartete die Antwort gar nicht erst ab, sondern stellte ihn vorsichtig neben dem Waschbecken auf die Erde. Gina war unschlüssig und bat ihn, das gute Stück probeweise mal neben die Dusche zu stellen.

„Finde ich nicht so gut." äußerte er seine Meinung. „Sieht enger aus und die Tür müsste dann links angeschlagen sein."

Wir konnten ihm nur zustimmen – neben dem Waschtisch wirkte der Schrank wegen der dann nur noch sichtbaren Schmalseite eher zierlich, neben der Dusche mit der dann sichtbaren breiteren Frontseite vergleichsweise wuchtig.

Gemeinsam legten wir dann noch die Höhe fest, in der er an der Wand hängen sollte.

„Eure Wandfliesen, die Ihr da ausgesucht hattet, haben mich schier in den Wahnsinn getrieben – jedes Loch, das man da bohrt, braucht fast 10 Minuten! So ein hartes Material hat man wirklich selten." stellte er fest. Wir machten pflichtschuldigst höchst ‚bedrippte' Gesichter, zum Glück grinste er schon wieder.

„Und wo soll ich die Handtuchhalter und Eure Haken anbringen?"

Gina zeigte es ihm.

„Ich hab da noch eine Frage, Jon."

Jon schaute mich verwundert an. Deshalb fuhr ich gleich fort:

„Du hast ja jetzt alles so gebaut, dass wir einen richtig normalen Wasserdruck haben. Stimmt das?"

„Ja, 3 bar. Und alles Frischwasser."

„Und wenn das Wasser mal abgestellt ist?"

„Dann bekommt Ihr Euer Wasser aus dem Tank oben vom Dach. Aber ohne Druck. Das muss ich aber noch entsprechend einstellen. Mach ich in den nächsten Tagen. Wolltet Ihr nicht losziehen, einkaufen oder so?"

„Sollen wir Dir nicht helfen? Der Schrank ist doch so schwer."

„Ihr könnt ruhig gehen. Das schaffe ich auch allein. Und notfalls ist ja noch einer da."

Er grinste und zeigte in Richtung Küche, wo Jack schon fleißig arbeitete.

Wir verkrümelten uns. Ganz brav, wie man uns geheißen hatte.


Als wir nach meinem immer noch sehr erfrischenden Bad im Meer, unserm Café bei Anna und den Einkäufen beim Papantoniou, bei uns nach dem rechten schauen wollten, staunten wir nicht schlecht.

Jon hatte alles perfekt angebracht. Nur die obere Tür des Schranks klaffte ein wenig oben ab – das würde man aber durch nachstellen der Scharniere leicht korrigieren können.

Die eigentliche Überraschung war aber die Küche.

Jack musste unermüdlich tätig gewesen sein. Sämtliche Unterschränke standen an ihrem Platz, alle Hängeschränke waren montiert, Die Waschmaschine stand an Ort und Stelle, der Geschirrspüler war funktionsfähig, die Magic-Corner hatte er eingebaut. Nur die Haltevorrichtung für den Dyson-Staubsauger im Besenschrank musste er noch anschrauben und natürlich auch noch die weißen Verkleidungen an den Möbeln vervollständigen. Sie fehlten noch zum Teil, nämlich an der Seite des Besenschranks und vor der Waschmaschine.

In wohlgesetzten Worten lobten wir seinen Fleiß und dessen Ergebnis.

„Meinst Du wirklich, dass Ihr noch in dieser Woche fertig werdet?" fragte Gina.

Jack grinste uns freundlich an.

„Natürlich – morgen geht's weiter und da werde ich dann fertig. Nur mit der gläsernen Wandverkleidung und Euern ausgesuchten Verkleidungen für die Steckdosen und Schalter weiß ich nicht, wie weit die mit den Vorarbeiten sind. Sorry. Müsst Ihr Justin fragen."

„Ok. Machen wir. Und können wir jetzt schon Geschirr und Töpfe wieder einräumen?"

„Klar könnt Ihr das und kochen kannst Du auch, Gina, Euer Ceranfeld hab ich auch schon angeschlossen. Aber seid vorsichtig – solange hinten die Glasverkleidung und die Silikonabdichtung fehlen, passt auf, dass nichts dahinter läuft."

Inzwischen war es 16 Uhr geworden und Jack schwirrte ab in seinen wohlverdienten Feierabend. Vorher hatten wir ihn noch ein wenig ausgequetscht. Er war verheiratet, hatte mal Elektriker gelernt und Jahre später bei einer Küchenfirma in England als Monteur gearbeitet. In den Jahren hatte er so viel mitbekommen, dass er auch in sämtlichen Klempnerarbeiten firm war und die Möbelschreinerei beherrschte er inzwischen wohl auch ganz gut. Irgendwann hatte er dann die Nase voll vom UK und war – wohl auf eine Stellenanzeige hin - auf Zypern und da bei James gelandet. Ihm gefiel es auf der Insel, er war mit James und seiner Art ganz zufrieden, auch mit Justin kam er gut klar. Das einzige, was ihn wohl bisweilen störte, war die ständige Springerei von einer ‚Baustelle' zur anderen und wieder zurück. Er bekomme dann oft die Prügel ab, wenn die Kunden ärgerlich seien.

Klar, dass Gina meinte, wir müssten erst einmal alle Möbel von innen gründlich auswischen, bevor wir etwas reinstellten. Und so ganz nebenbei meinte Gina dann auch noch: „Keine Ahnung, wo wir das alles verstauen sollen. Wir haben nämlich viel weniger Platz."

„Von wegen – wir haben mehr Platz als vorher. Alleine der Besenschrank." erwiderte ich.

„Die Sachen waren vorher in meinem Zimmer im Schrank, das ist also ‚eins zu eins'. Und mindestens eine Schublade und die Fächer vom alten Sideboard unten fehlen uns z.T. auch. Und dieser doofe Geschirrspüler gibt uns den Rest: Da fehlen jetzt zwei riesige Fächer."

„Dafür haben wir jetzt die Magic-Corner und die schafft uns Platz bis in die hinterste Ecke."

„Schön wär's. Hast Du Dir das Ding mal richtig angeschaut? Ist in meinen Augen ‚Krampf pur'."

„Wieso das denn?"

Gina machte den Unterschrank auf. Jack hatte ihr bevor er ging, noch die Funktionsweise erklärt. Es war ein Metallgestell, das in zwei Teilen verschiebbar war. Wenn man die Tür des Unterschranks geöffnet hatte, musste man an einem Hebel den ersten Teil hervorziehen und dann nach links schieben. Dadurch gelangte man an den zweiten Teil und konnte den anschließend auch an einem Hebel erst nach links und dann nach vorne rausziehen. Beide Teile hatten zwei Ebenen. Also die Grundidee schien mir ganz pfiffig zu sein. Aber auch ich musste zugeben, dass die Corner extrem schwergängig war und der zweite Teil kleiner ausfiel als der erste. Und vor allem: Der hinterste Raum des Unterschranks blieb ungenutzt – etwa 30 cm reine Luft. Da die ganze Konstruktion ja weitgehend freischwebend und nur an den Möbelwänden fixiert war, hätte man die

Konstruktion wohl wesentlich verstärken müssen, um besagte 30 cm auch noch zu nutzen. Mit der Folge, dass man die beiden Teile wohl nur mit Hilfe eines Motors hätte bewegen können – für den hätten vermutlich die 30 cm ausgereicht.

„Wollen wir das Ding wirklich haben?" Gina schaute mich fragend an und fuhr fort:

„Ich brauch sowas nicht. Meinst Du James würde das Ding zurücknehmen?"

„Klar. Warum sollte er nicht? Und er kann sie doch ohne weiteres dem nächsten Kunden aufschwatzen."

„Du wärst also einverstanden?"

„Klar."

„Bist ja doch ein Lieber."

„Bin ich immer."

„Na ja…"

„Was soll das denn bitteschön heißen?"

„Immer wäre wohl leicht übertrieben."

„Aber immer öfter."

„Also gut – oft bis meistens."

Wir lachten jetzt beide und machten uns mit dem Auswischen ans Werk. Allerdings erst, nachdem Gina vorher noch mal die Bodenfliesen aufgewischt hatte, um nicht den Dreck in die anderen Räume zu tragen, aus denen wir die ‚eingelagerten' Küchenutensilien nun zurückholten. Zwar hatte Jack alles sehr sauber hinterlassen, aber ab und an sah man schon noch ein paar Schlieren auf dem Boden.

Bei den Möbeln wischte ausnahmsweise ich mal das meiste, Gina fing mit dem Einräumen an. Um halbsieben waren wir fertig. Fast alles war verstaut.

„Siehst Du jetzt ein, dass wir weniger Platz als vorher haben?"

„Nö. Wenn die Magic-Corner draußen ist, reicht der Platz dicke. Gut – bis auf meine Handwerkskiste. Aber die

kommt bei Dir in den Schrank, so wie wir's vorher besprochen hatten. Und jetzt weihe ich den Geschirrspüler ein."
„Womit?"
„Mit den vielen Gläsern die hier von Jack und Co. herumstehen."

Streng nach Gebrauchsanweisung füllten wir das vorher
erworbene Salz in die Maschine und starteten den nach Gebrauchsanweisung vorgesehenen Probelauf. Nach zwei
Stunden war er absolviert. Ich stellte frohgemut etwa 8
Gläser in die Maschine, füllte den Reinigungs-Tab in die
vorgesehen kleine mit einer Klappe zu schließende Box
und stellte die Maschine an.
Um halb elf war das Werk vollbracht. Heißer Dampf
schlug uns entgegen, nach 10 Minuten nahmen wir die Gläser raus.
„Das kann ja wohl nicht wahr sein!"
Die Gläser waren deutlich schmutziger als vorher, mit einem Muster von Schlieren überzogen.
„Haben wir da was falsch gemacht?"
Gina wusste Rat.
„Wir schauen mal oben beim Papantoniou nach anderen
Tabs. Hier ist das Wasser ja viel härter – vielleicht
braucht's da ein anderes Reinigungsmittel. Ich bin tod-
müde und geh jetzt ins Bett. Und vor allem freu ich mich,
dass jetzt so ziemlich alles fertig ist bei uns und wir Annelys Asyl nicht länger beanspruchen müssen."

Wir schliefen wie die Murmeltiere, aber Gina hatte den
Wecker wieder auf 7 Uhr gestellt.
Nachdem wir uns fertig gemacht hatten, gingen wir runter
zu Johannes und Annely, um zu frühstücken.

„Irgendwie müssen wir uns bei Annely und Johannes erkenntlich zeigen. Hast du eine Ahnung, wie wir das machen könnten? Immerhin haben wir hier jetzt über zwei Wochen zubringen dürfen." sagte ich erwartungsvoll zu Gina.

„So spontan weiß ich auch nichts. Und wir haben ja noch ein paar Tage, uns was zu überlegen?"

„Und Du meinst, längeres Überlegen hilft da."

„Jawollja, meine ich. Und hier ist Dein Teller und jetzt raus in die Sonne mit Dir."


Pünktlich um 9 Uhr waren wir wieder oben – von Jack keine Spur.

„Jetzt machen wir unser Ding wie immer – Jack hat ja einen Schlüssel."


Am Strand war es so wunderschön wie immer. Nach meinem Tauchbad - inzwischen hatte sich das Wasser auf 17°C erwärmt und ein paar Schwimmstößen, die schon möglich waren, bevor man zu einem Eiszapfen erstarrte – tranken wir unsern Café, ausnahmsweise mal bei Katharina, die auch einen kleinen Coffee-Shop betrieb und sich riesig freute, uns wiederzusehen. Sie servierte uns zum Coffee Sketo eine Schale mit zypriotischen Keksen und Glyko, einer zypriotischen Spezialität: Grüne Walnüsse in Zuckersirup eingelegt. Gina fand die Dinger köstlich, sie musste die mir zugedachte Portion mitfuttern, da mir der süße Schlabber mit zu viel Zimt gewürzt war. Dafür mochte ich die Kekse ganz gern. Sie waren zwar knochentrocken, aber kaum gesüßt, mit Sesam ummantelt und wenn man hineinbiss, krachte es richtig bis ins Hirn. Ich nannte die Dinger immer ‚Hundekuchen‘.

Anschließend besorgten wir beim Papantoniou neue Tabs für den Geschirrspüler. Und nach der Suche nach dem Reinigungsmittel, schaute ich bei den Weinen vorbei – und wurde fündig.

„Schau mal, das wäre doch was für Annely und Johannes?" Wir waren uns ganz schnell einig und erstanden eine Flasche Champagner.

„Ich geh noch schnell rauf und schau mal, ob es eine hübsche Karte gibt."

„Hm?"

„Stehst Du mal wieder auf der Leitung? Ein paar Dankeszeilen wären ja wohl angebracht."

„Ach so."

Ich hörte eben noch so grade, wie Gina verächtlich schnaubte:

„Männer…"

Wieder zu Hause angelangt, folgte der nächste Versuch mit dem Geschirrspüler. Als wir ihn nach der Siesta öffneten, waren die Gläser genauso schmutzig wie am Tag vorher und das, obwohl ich den sichtbaren Schmutz vorher per Hand abgespült hatte.

„Und nun?" fragte ich zaghaft.

„Ich ruf mal Annely an. Wie die das machen. Die haben doch das gleiche harte Wasser wie wir."

Das Resultat war ernüchternd. Annely hatte Gina erzählt, dass fast alle Leute mit Geschirrspülmaschinen nicht nur Reinigungs-Tabs verwenden, sondern zusätzlich noch einen Klarspüler."

„Wollen wir den? Ich bin strikt dagegen." Gina schaute ziemlich ernst.

„Das Zeugs bleibt dann doch auf dem Geschirr. Was nichts anderes bedeutet, als dass wir dann fleißig Chemie futtern und trinken. Ich glaube, James kriegt noch etwas zurück, das er einem anderen Dummen verkaufen muss." lautete meine Antwort.

Gina strahlte auf einmal so, als wenn nach einer längeren Regenperiode endlich mal wieder die Sonne scheinen würde.

„Das heißt, Du verzichtest auf das Ding?"

Ich grinste sie jetzt wohl sehr frech an:

„Haben wir doch bisher auch immer per Hand ganz gut bewältigt. Und wo Du jetzt so eine tolle Küche hast, in der Du noch viel lieber werkelst als in der alten, machst Du auch noch das bisschen Abwasch gleich mit, gelle?"

Sie hatte sich vorher ganz brav in den Arm nehmen lassen, jetzt war sie plötzlich ganz sperrig. Aber als ich dann hinzufügte, „wir machen's so wie bisher, also Du sorgst fürs Essen und ich mach hinterher ‚klar Schiff'." ließ sie sich sogar küssen.

## 11. Kapitel

Gina war plötzlich verstummt. Schaute in die neue Küche.
„Ist was?" fragte ich ganz vorsichtig.
„Fällt Dir was auf?"
„Was soll mir auffallen?"
„Augen auf, Liebling, Schau Dir mal unsere Küche genau an."
Wenn Gina ‚Liebling' zu mir sagt, meint sie das meist mitnichten so, sondern es ist mehr die liebevolle Umschreibung dafür, dass ich mich mal wieder doof bis geistig unterbelichtet anstelle. In diesem Falle also Tomaten auf den Augen habe.
„Tu ich doch."
„Und was fällt Dir da auf?"
„Dass wir eine neue Küche haben, allerdings noch nicht ganz fertig."
Gina schaute jetzt sehr mitleidig – sie versuchte, mir auf die Sprünge zu helfen.
„Erinnerst Du Dich, dass wir mit James besprochen hatten, dass sich die zwei Unterschränke neben dem Besenschrank von allen anderen farblich absetzen sollten?"
Natürlich erinnerte ich mich nicht daran, aber es erschien mir mehr als angebracht, das auf gar keinen Fall zuzugeben.
„Ja. Und das tun sie doch auch."
„Aber wir hatten da doch einen ganz anderen Farbton ausgesucht – nicht so ein tristes grau."
„Sorry – aber daran erinnere ich mich nun wirklich nicht mehr."

„Aber ich. Die kann James schön wieder abholen. Mit der Farbgebung wird man ja fast depressiv. Und wo wir nun schon so viel Geld ausgeben, muss er es auch so machen, wie es uns gefällt."

"Stimmt."

„Hatte er sicher vergessen, das Farbmuster aufzuschreiben. Und hat dann einfach eins genommen, das ihm gerade in den Sinn kam. So wie bei der Arbeitsplatte."

Gina rief daraufhin James an – es war nur die Mailbox.

„Uns läuft die Zeit davon – was machen wir nur?"

„Versuch's doch mal bei Justin." regte ich an.

Aber auch da konnte sie nur mit der Mailbox kommunizieren.

Am Tag darauf meldete sich James, entschuldigte sich sogleich wortreich, dass sein Rückruf so lange gedauert habe. Wir könnten gerne nach Paphos fahren und alles mit ihm besprechen.

Gerade als wir losfahren wollten, kamen Jack und Justin – wir erklärten ihnen, dass sie den Geschirrspüler bitte ebenso wieder mitnehmen könnten, wie die Magic Corner. Jack schaute daraufhin etwas verwundert, Justin grinste nur. Das mit den Türen an den Unterschränken verkündeten wir ebenfalls. Justin meinte zum Thema Farbgebung der Unterschranktüren nur, wir sollten das mit James besprechen. Als wir etwas verunsichert schauten, grinste er freundlich und ergänzte:

„No problem. Wegen der Farbe."

„Du Justin, wir haben noch eine ganz andere Frage: Wann schließt Ihr das Loch von der alten Dunstabzugshaube?"

Justin grinste wieder.

„Gar nicht. Ich hab's doch an die Wand geschrieben: Es ist Jims Job."

„Jim hat uns gesagt, er könne das nicht machen – er brauche dazu einen Mauerstein und den hätte er nicht."
„Ich rede mit ihm. No problem."

James war wiederum überaus freundlich und bestätigte uns erst einmal die Rücknahme des Geschirrspülers und der Magic Corner. Er wusste bereits davon – Justin oder Jack hatten ihn schon per Telefon unterrichtet. Ob es sein schlechtes Gewissen uns gegenüber war, dass alles ‚no problem' war? Weil er uns zeitlich so hatte hängen lassen? Er strahlte uns auf jeden Fall an wie eh und je und zeigte uns dann erneut die Kollektion der Farben für die Türen. Ich bekam vorher noch eine Tasse Kaffee, Gina verzichtete auf den Tee – sie hatte ihn noch vom letzten Mal in unguter Erinnerung.
Nach einer guten halben Stunde hatten wir, besser gesagt Gina, die richtige Farbe wiedererkannt und James versicherte uns erneut, es sei ‚no problem', die Türen für die Unterschränke im neuen Farbton zu liefern. Und zu der Glasplatte an den Küchenwänden zwischen Ober- und Unterschränken und unter dem Küchenfenster teilte er uns voller Stolz mit, dass die Teile fertig geschnitten seien und auch schon auf der Rückseite eingefärbt wurden. Die Farbe müsse aber noch trocknen. Wahrscheinlich würde alles noch in dieser Woche fertig.
Über Mehr- und Minderkosten und die endgültige Rechnung sprachen wir sicherheitshalber noch nicht mit ihm. Erst einmal sollte er wirklich alles fertig machen.

Auf der Rückfahrt sprachen aber Gina und ich über das Thema.
„Eigentlich müsste jetzt alles etwas billiger werden." meinte Gina.

„Stimmt." bekräftigte ich. „Die Magic Corner und den Geschirrspüler kann er nochmal verkaufen – gut, letzteren wohl nur mit Nachlass, weil er gebraucht ist. Und die Edelstahlspüle ist auch billiger als die aus Kunststoff."

„Wieso kann er die Spülmaschine nur gebraucht verkaufen? Ordentlich geputzt, merkt das kein Mensch."

„Ich glaube aber doch. Eine neue Maschine braucht erst einmal das Salz. Und da das schon drin ist und er es auch nicht wieder rausholen kann, merkt das jeder Kunde."

„Meinst Du?"

Gina schien nicht so ganz überzeugt.

„Trotzdem muss es billiger werden. Auch weil er uns so hat hängen lassen. Jetzt sind schon fast unsere ganzen fünf Wochen rum und  er ist immer noch nicht fertig."

„Eine Woche hatte er mal versprochen." stellte ich erneut fest.

„Also so ganz genau hatte er das so nicht gesagt."

„Aber es klang so, dass es unter zwei Wochen sein würde."

„Das könnte hinkommen." Gina schmunzelte ein wenig.

„Was lächelst Du da so in Dich hinein?"

„Schau lieber auf die Straße. Und pass auf. Nicht, dass wir noch einen Auffahrunfall produzieren."

„Ich pass immer auf. Auch wenn ich mal meine schöne Beifahrerin kurz betrachte."

„Quasselst Du nicht gerade ein bisschen sehr viel?"

„Nö. Ich freu mich nur."

„Worüber? Oder worauf?"

„Mich packt schon wieder die Fleischeslust."

Gina lachte jetzt richtig.

„Und woran denkst Du da?"

„An Dich."

„Schäm Dich."

„Warum soll ich mich schämen?"

„Tu nicht so scheinheilig."

„Wieso? Ich meine doch nur, dass ich mich jetzt auf ein schönes Stück Fleisch freue, das ich gleich verzehren werde."

„Das klang aber erst ganz anders."

„Na ja, zusammen duschen ist doch sehr, sehr schön – oder?"

„Träum weiter."

„Du bist gemein."

„Bin ich nicht. Aber Du nervst soeben mal wieder. Und sonst freust Du Dich auf nichts weiter?"

„Das war doch schon eine ganze Menge. Aber wo Du schon fragst - auf die Endverhandlung mit James freu ich mich auch. Der muss mindestens noch mal zehn Prozent nachlassen. Wir werden handeln, wie auf einem armenischen Bazar."

Als wir nach Hause kamen, staunten wir nicht schlecht: Jack hatte nicht nur den Geschirrspüler ausgebaut – er stand sorgfältig auf einer Holzplatte im Vorgarten – sondern auch die Magic Corner war bereits entfernt. Und da wo der Geschirrspüler gestanden hatte, hatte er bereits den neuen Unterschrank mit einem Einlegebrett fix und fertig, die Tür davor angebracht und in der Ecke, wo vorher die Magic Corner gewesen war, passte er eben das bis ganz nach hinten reichende Zwischenbrett ein. Er erzählte uns dann grinsend, dass er Justin losgeschickt habe, um die Teile zu besorgen. Voller Stolz öffnete er auch noch den Besenschrank: Die Halterung für den Staubsauger hatte er ebenfalls noch montiert.

„Morgen, spätestens übermorgen machen wir den Rest." verkündete er noch und verabschiedete sich für heute.

Bis auf ein paar Kleinigkeiten – neue Unterschranktüren, die gläserne Rückwand und das Loch in der Wand von der alten Dunstabzugshaube war nun alles fertig.

„Sieht doch toll aus, findest Du nicht?" Gina schaute mich erwartungsvoll an.

„Ja schon."

„Aber?"

„Irgendwie fand ich die alte Küche gemütlicher. Die hatte ihren eigenen Stil. Jetzt hat sie auch Stil – aber eben ultra-modern. Irgendwie durchgestylt. Aber toll aussehen tut das Ganze schon. Und dass wir mehr Platz zum Verstauen haben, finde ich auch gut. Und der Besenschrank ist wirklich eine Bereicherung."

„Und – zum Geschirrspüler sagst Du gar nichts? Dass wir den geopfert haben?"

„Schade ist's schon, aber letztlich so wohl besser."

„Komm mal her, mein kleiner Miesepeter." Bevor ich mich erheben konnte, kam Gina stattdessen zu mir und setzte sich auf meinen Schoß, kraulte mich ein wenig hinten am Kopf. Was ich sehr, sehr gerne mag.

„Hier vorne, also an der freien Wand – da kommt noch irgendetwas sehr, sehr Schönes hin. Ein kleines Tischchen vielleicht. Das würde sehr hübsch auflockern. Was meinst Du?"

„Ein Bistro-Tisch?"

„Mal sehen. Der ist wahrscheinlich zu groß und würde uns zwingen, immer drum herum zu laufen. Aber irgendetwas Hübsches werden wir schon finden. Und wenn wir das nächste Mal hier sind, liegt dann wieder unser schöner Teppich auf den Fliesen – das macht auch alles gleich viel gemütlicher."

„Wenn Jim den Putz von unserer defekten Wand abklopft und jede Menge Staub und Dreck produziert?"

„Der wird ja nicht die ganze Zeit brauchen."

„Aber wenn er frisch verputzt hat, muss das mindestens eine Woche trocknen und dann kommt erst der Anstrich."
„Dann kommt der Teppich eben erst im Herbst. Weißt doch – Vorfreude ist die schönste Freude."

Gina hatte uns meine Leib- und Magenspeise zum Abendbrot gekocht: Ratatouille mit Reis. Mit das einzige Gericht, von dem sie immer zu wenig kocht. Auch heute wieder. Als ich zwei große Teller voll gefuttert hatte stellte ich eine zugegebenermaßen etwas provokante Frage:
„Und was essen wir nun?"
„Fresssäcke werden nicht geboren, sondern erzogen. Hat Deine Mutter immer gesagt. War eine kluge Frau."
Da mir in diesem Falle eine schlagfertige Antwort wohl frühestens nach fünfzehn Minuten eingefallen wäre, streckte ich Gina nur die Zunge heraus."
„Geht doch." merkte sie daraufhin an.
„Dass Du mal den Mund hältst." ergänzte sie noch.
Da sie inzwischen dicht vor mir stand und ihre Arme um mich gewickelt hatte, konnte ich nicht protestieren, zumal ich noch als Dreingabe einen Kuss bekam. Und wohlerzogen – besser gut dressiert wie ich nun mal bin – fiel mir noch rechtzeitig eine Ermahnung aus meiner Kinderzeit ein: Mit vollem Mund spricht man nicht.

Gut – gehofft hatten wir es insgeheim schon, dass Jack vor unserer Abreise am Montag den Rest der Arbeiten noch erledigen würde, aber wirklich gerechnet hatten wir damit nicht. James wusste ja, dass wir am Montag zurückfliegen würden, aber er wusste inzwischen auch, dass wir im Juni noch einmal kommen würden. Vielleicht war es ein Fehler gewesen, ihm das zu erzählen.

„Jetzt haben die immer noch den Schlüssel für unsere Wohnung." stellte Gina etwas ärgerlich fest. „Ich will auf gar keinen Fall, dass die hier rummurksen, wenn wir nicht da sind."

„Schick ihm eine Mail, dass wir bis 10 Uhr früh am Montag den Schlüssel zurück haben müssen."

„Und wenn wir ihn nicht haben?"

„Nicht verzagen, mich nur fragen." antwortet ich.

„Also dichten konntest Du auch schon mal besser."

Sehr kränkend, fand ich, ging aber auf die Provokation nicht ein.

„Ist doch ganz einfach."

„Ach ja?"

„Wir nehmen einen von unsern Haustürschlüsseln und stecken den von innen ins Türschloss, dann kann man die Tür von außen nicht mehr öffnen. Und wir verlassen die Wohnung durch die Terrassentür, für die haben James Leute keinen Schlüssel."

„Bist ja doch ein schlaues Kerlchen."

Und damit ich ja nicht übermütig würde, fügte sie noch ein Wörtchen hinzu: „Manchmal."

„Nicht immer, aber immer öfter." versuchte ich zu überzeugen.

„Ha, ha, ha." antwortete sie – manchmal kann Gina unheimlich frech gucken.


So hatten wir ein beschauliches und ruhiges Wochenende, was uns nach fünf Wochen auf und ab, vor allem auch mental, außerordentlich gut tat.

Am Sonntag fingen wir nachmittags an zu packen. Wie immer packte Regina, ich kümmerte mich – auch wie immer – um meine Tabakspfeifen, mein Laptop, unsere Handys usw. und verstaute alles in meinem kleinen Bordcase. Denn am Montag früh würden wir noch genug damit zu tun haben, alle Gartenmöbel zu säubern und wieder rein zu nehmen. Klar, man könnte sie wohl auch draußen stehen lassen, aber zum einen wären sie bis zum Juni total verdreckt und zum anderen - so ganz sicher konnte man sich auch nicht sein, ob man sie alle wieder vorfinden würde.

Um 10 Uhr am Montag früh klopfte es heftig an der Haustür. Als wir öffneten, stand ein strahlender Jack vor uns, hinter ihm hielt Justin notdürftig verpackt die Glasplatten, Jack hatte vorsichtig die neuen Unterschranktüren auf einem Lappen auf die Erde gestellt.

„Hallo und guten Morgen! So, da sind wir, um unsere Arbeiten fertig zu machen." rief Justin uns vom Gartentor aus zu, Jack grinste und sagte nur und das deutlich leiser, „Hallo." Jack hatte nämlich sofort gesehen, dass schon alle Gartenmöbel draußen verschwunden und offenbar in der Wohnung deponiert waren.

Gina hatte sich als erste gefasst.

„Die spinnen wohl total. James weiß doch, dass wir heute heimfliegen." sagte sie zu mir auf Deutsch, um dann auf Englisch fortzufahren:

„Sorry, Ihr Zwei. Ihr wisst doch, dass wir heute abreisen. In einer Stunde verlassen wir die Wohnung."

„James hat uns nichts gesagt." erwiderte Justin. Was ganz sicher gelogen war. Außerdem waren wir recht sicher, dass wir es Jack und Justin es auch erzählt hatten.

„Das kann ich kaum glauben. Ist aber auch egal. Heute könnt Ihr nicht mehr bei uns arbeiten. Aber wir kommen im Juni wieder her. Wir geben James rechtzeitig Bescheid und dann könnt Ihr in der 6. Woche nachdem Ihr mit unserer Küche angefangen hattet, Euer Werk vollenden. Oder dauert das auch wieder ein paar Wochen?"

Gina konnte schon immer so schön sarkastisch werden, vor allem, wenn sie richtig wütend war. Und im Moment sah sie so aus, dass man sie besser nicht weiter reizen sollte.

Sie drehte sich wieder zu mir herum.

„Nun sag doch auch mal was."

„Justin, Jack, sorry, aber heute könnt Ihr wirklich hier drin nichts mehr machen. Gina hat da völlig recht. In einer Stunde sind wir weg und wir würden schon gern dabei sein, wenn Ihr jetzt beim Finish angelangt seid. Nehmt die Sachen wieder mit, wir melden uns bei James, sobald wir die Flüge gebucht haben. Aber Ihr könnt uns schon mal unsern Schlüssel wiedergeben?"

Jack versuchte bereits wieder die Schranktüren notdürftig einzupacken, Justin wirkte ein wenig ratlos und telefonierte stattdessen. Wir nahmen an, mit James.

Sein Gespräch war nur kurz.

„Ok, dann rücken wir halt wieder ab. Wir wünschen Euch einen guten Flug."

„Danke." erwiderten wir im Duett und Regina fuhr fort: „Ihr wolltet uns noch den Schlüssel wiedergeben?"

„Oh, tut uns leid, aber der liegt bei James im Büro. Er wollte ihn Jim geben, weil der doch noch Eure Wand machen muss." antwortete Jack, denn Justin war bereits dabei, die Glasplatten wieder zu seinem Transporter zu tragen.

„Passt ja gut auf den Schlüssel auf." ließ ich mich noch vernehmen.

Jack grinste: "No problem, Gina. Bye."

Ich war offenbar Luft für ihn. Und weg war auch er.


„Wetten, dass die versuchen werden, doch noch was zu montieren, wenn wir weg sind?" fragte ich Gina.

„Aber dank unserer guten Lösung des Problems können sie ja nicht mehr rein."

„Was ein wahrer Segen ist."

Zweieinhalb Stunden später bepackten wir unser eigenes kleines Wägelchen – auf Melis Dienste verzichteten wir ganz bewusst – 5 Wochen würde man wohl in Flughafennähe auf der Straße parken können. Wir verließen unsere Bleibe über die Terrassentür, ein Schlüssel zur Eingangstür steckte, leicht herumgedreht von innen, sodass man ihn von außen nicht herausstoßen könnte.

Übrigens war mir von der Taxifahrt bei unserer nun fünf Wochen zurückliegenden Anfahrt noch in Erinnerung geblieben, dass Melis sich wieder sehr, sehr gelobt hatte, wie toll er den Zitronenbaum im Nachbargarten geschnitten hatte. Ich wusste es nicht genau, ob er uns davon zum zehnten oder zwanzigsten Mal berichtete. Und in der Tat – aussehen tat der Baum jetzt ganz toll. Nur trug er seit Melis Schnitt schon im fünften Jahr in Folge keine Früchte mehr.

## 12. Kapitel

Unser Flug nach Hause verlief ohne nennenswerte Komplikationen. Zwar hatten wir wieder einmal via Wien fliegen dürfen, aber dafür sahen wir bei den Flugbegleiterinnen statt dunkelblauem LH-Dress, das feuerrote Outfit der Stewardessen von Austrian Airlines – irgendwie sehen die Storchenbeine der rot bestrumpften Damen vom Service ganz niedlich aus. Und der 20-minutige Fußmarsch im Wiener Flughafen tat uns sicher nach drei Flugstunden ganz gut – quasi als prophylaktische Therapie gegen Thrombose.

Linde holte uns wieder in Frankfurt ab, unsern LH-Anschluss hatten wir dieses Mal problemlos und stressfrei erwischt. Wir erzählten dann noch ein wenig von der neuen Küche, was wir besser unterlassen hätten, weil so eine längere Überzeugungsarbeit unsererseits vonnöten war:

„Wie konntet Ihr nur auf den Geschirrspüler verzichten."

Leichtsinnig wie wir mitunter sind, hatten wir die Odyssee dieser technischen Errungenschaft schon vorab am Telefon gebeichtet. Und eine erste Breitseite voller Empörung abbekommen. D.h. Gina hatte sich alles Elend dieser Welt anhören müssen. Da ich ja so schlecht höre, sind Telefonate immer Ginas Job – und solche mit unsern Töchtern sowieso.

„Das ist sowas an idiotisch, was Ihr da gemacht habt – ich fass es einfach nicht, wie man so blöd sein kann." Linde hatte offenbar noch längst nicht aufgegeben.

Gina versuchte zu besänftigen, was aber nur sehr unvollkommen gelang. Eigentlich mag ich solche Unterhaltungen absolut nicht, aber ich wollte auch auf gar keinen Fall, dass Gina womöglich allein die ‚Böse‘ war.

„Jetzt hör mir mal gut zu, liebreizendes Töchterlein…"

„…ich bin nicht Dein liebreizendes Töchterlein – den Schmus kannst Du Dir ruhig abschminken…"

„…also gut liebreizendes, aber im Moment mit seinen Eltern offenbar ein wenig unzufriedenes Töchterlein – zuhören darfst Du Deinem alten Vater schon mal. Und ausnahmsweise auch, wenn Du grade zornig bist. Deine Mutter hat Dir gerade erzählt, warum wir das gemacht haben."

„Alles Quatsch." unterbrach mich Linde, immer noch recht aufgebracht. „Ich hatte gehofft, wenigstens im Urlaub mal so eine doofe Arbeit wie Abwasch nicht mehr zu haben…"

Da es den Familienmitgliedern immer ein wenig schwer fällt, den anderen ausreden zu lassen, unterbrach ich Linde jetzt auch:

„„…darf ich denn wenigstens mal ausreden?"

„Da bin ich aber sehr gespannt."

„Danke." Ein bisschen Sarkasmus muss schließlich erlaubt sein.

„Erstens hast Du meines Wissens hier in Deiner Küche solch ein Gerät, sodass Dir die doofe Arbeit, wie Du es nennst, fast das ganze Jahr erspart bleibt. Und somit ist solches ‚Elend‘ nur während der zwei Wochen im Urlaub auf Zypern angesagt. Zweitens gibt es den Begriff der Arbeitsteilung, schon mal gehört? Mamu hat das perfekt begriffen: Im Urlaub kocht sie und bereitet uns auch sonst alle Mahlzeiten, und alles was mit anschließender ‚Entsorgung‘ zu tun hat, ist vornehmlich der Abwasch. Und der ist mein Job. In der Tat eine schweißtreibende Tätigkeit für mich. Immerhin jeweils zehn bis fünfzehn Minuten am Tag und das sogar drei Mal, was mich natürlich sehr stark fordert und extrem anstrengt. Weshalb ich auch immer ganz erschöpft, abgezehrt und blass zurückkomme…"

„Spotte Du man…" ging sie dazwischen, aber ich redete einfach weiter:

„Und drittens rede mal mit Deiner Mutter über das Thema Arbeitsteilung, in diesem Falle wie man Männer dressiert. Bei mir ist ihr das wenigsten in puncto Abwasch im Urlaub ganz passabel gelungen. Sie kann Dir sicher Tipps geben, wie Du Deine zwei Trabanten dazu bewegen kannst, dass sie Dir diese schreckliche Arbeit abnehmen – Jochem spült das Geschirr und Julian trocknet ab – schließlich hast Du ja vorher gekocht. Alles klar?"

Linde lächelte jetzt – noch ein wenig zaghaft noch, wie mir schien. Deshalb schob ich gleich nach:

„Gut, ich wäre bereit, das Gerät wieder einbauen zu lassen – aber nur, wenn Du mir eins vorher ganz fest versprichst."

Ich grinste jetzt etwas herausfordernd, Gina schaute höchst irritiert und murmelte kaum hörbar:

„Und was soll das jetzt bitteschön?"

Linde und ich überhörten ihre Äußerung.

„Und was soll ich da versprechen?"

„Erst versprechen. Kannst Deinem Vater ja mal vertrauen."

„Nö." kam es von Linde, sehr energisch.

„Auch gut." antwortete ich, „dann eben kein Geschirrspüler."

„Das ist voll fies."

„Ich meine es nur gut mit Dir, mit Euch Dreien."

„Also gut. Ich verspreche es."

„Ok. Nach jedem Abwasch mit der Maschine spülst Du alles Geschirr aus der Maschine nochmal mit klarem, heißem Wasser ab, sodass ihr den Klarspüler aus der Maschine nicht mitfuttert. Denk dran – da gibt's kein Hintertürchen, Du hast es versprochen."

„Das ist ja wohl voll der Schwachsinn."

„Stimmt. Weshalb wir zwei Alten den Geschirrspüler garantiert nicht benutzen werden – ich spüle weiter von Hand. Auch weil so viel an Wasserverschwendung ja wohl der Gipfel an Unvernunft wäre."

Man konnte förmlich sehen, wie es im Köpfchen der Tochter arbeitete.

„Hast gewonnen. Aber total doof finde ich es trotzdem."

‚Geht doch.' dachte ich, hütete mich aber, so eine lose Bemerkung vom Stapel zu lassen.

„Mensch, Linde, Du kochst doch nicht jeden Tag ein viergängiges Menü für sechs Personen, wo jede Menge Abwasch anfällt. Gut, wir essen in aller Regel kein Fleisch. Und Du ja wohl meistens auch nicht. Also sind's für Euch Drei mit Salat vorneweg insgesamt 6 Teller, zwei Töpfe und die Bestecke. Und wenn Du was brätst – die Teflonpfanne musst Du gar nicht abwaschen, sondern nur mit Zewa ausreiben. Wo bitteschön, ist da das Problem? Und Deinen beiden Männern fällt wirklich keine Perle aus der Krone, wenn Sie Dir da helfen."

Gina kam mir – wenn auch leicht spöttelnd – zu Hilfe:

„Also wo Dein Vater recht hat, hat er recht. Das letzte Mal, dass er so viel Vernünftiges am Stück von sich gegeben hat, muss zu der Zeit gewesen sein, als er noch beruflich tätig war."

Ich streckte ihr daraufhin die Zunge raus.

„Solltest mir eher eine Kerze anzünden, weil ich so gute Überzeugungsarbeit geleistet habe."

„Also ok, Paps, ich hab's versprochen, aber die Maschine könnt Ihr trotzdem wieder einbauen lassen."

„Also willst Du alles hinterher nochmal abwaschen?"

„Ich habe nur was versprochen." antwortete sie, das Wort ‚ich' betonend. „Den Geschirrspüler zu füttern, davon kann ich Jochen und Julian sicher überzeugen. Auch dass sie ihn ausräumen."

„Und spülst dann hinterher alles nochmal ab."

„Nö. Ich fass das Ding ja nicht an und wie die beiden das dreckige Geschirr säubern, ist ja nicht mein Problem."

„Hm. Zu Hause kaufst Du alles Bio. Und im Urlaub futtert Ihr Chemie. Sehr einleuchtend. Und Klarspüler zur Vorspeise, Klarspüler zum Hauptgericht und da aller guten Dinge drei sind, nochmal Klarspüler zum Dessert. Hm, köstlich. Und sooo gesund."

Langsam kam richtig Wut in mir hoch. Gina bemerkte es und griff nun lachend ein.

„Merkst Du denn gar nicht, dass Linde Dich gerade total veräppelt? Und Du fällst auch noch voll drauf rein?"

Ich grinste jetzt, aber doch noch recht verunsichert.

Und erst als Linde auch lachte, wurde mir klar, dass Gina recht hatte und die Tochter mich höchst erfolgreich auf den Arm genommen hatte.

„Wo Du Dich schon durchgesetzt hattest, wollte ich wenigstens noch ein bissi Spaß mit Dir haben."

„Nun reicht's aber. Ich bin jetzt arg gekränkt und fahr nach Hause.

„Ach Väterchen…"

Linde umarmte mich:

„Arg schlimm?" flüsterte sie in mein Ohr

„Nicht wirklich." flüsterte ich zurück. Und nachdem Linde auch ihre Mutter umarmt hatte, zogen wir endlich los – um Mitternacht waren wir wieder in Erzbach.

Gleich am nächsten Tag wollte ich eigentlich wieder unsern Alltag beginnen lassen.

Der vollzieht sich in aller Regel dergestalt, dass Gina nach dem Frühstück in ihrem Atelier verschwindet und ich dafür zum Einkaufen gehe.

Diese Arbeitsteilung war keineswegs von jeher so. Sie war erst allmählich so entstanden, zum mindesten, was meinen Teil angeht.

Als ich vor nunmehr fast 20 Jahren ein Ruheständler wurde, war es schon arg ungewohnt, morgens nach dem Aufstehen nicht mehr ins Büro zu fahren, sondern einfach zu Hause zu bleiben. Da wurde und wird ja eine Menge gespottet über die ‚Altenteiler‘, die plötzlich nichts mehr zu tun haben und auf den Abend warten, wenn sie früh die Rollläden hochgezogen und damit ihr Tagwerk vollbracht haben. Und obendrein hatte Gina mir gleich am Anfang dieses neuen Lebensabschnittes klar gemacht: ‚Häng hier aber nicht den ganzen Tag herum und geh mir auf die Nerven. Ich hab genug zu tun. Am besten, Du verkrümelst Dich.‘

Dass sie auch noch angefügt hatte ‚Im Übrigen ist die Führungsposition hier schon besetzt, also fang ja nicht an, mir sagen zu wollen, was ich zu tun habe.‘, hat sie später stets vehement bestritten. Aber ich meine sogar noch heute, dass sie es so oder so ähnlich zum Ausdruck gebracht hatte, dass ich mich aus dem häuslichen Alltagsgeschehen besser heraushalte. Womit sie ja so unrecht auch nicht hatte.

Gina hatte damals sehr schnell gemerkt, dass ich mich spätestens so gegen neun Uhr nach dem Frühstück verabschiedete. Ich fuhr dann immer zum nächsten Zeitungshändler, kaufte die FAZ und steuerte anschließend ein Café an, um sie dort in Ruhe zu lesen. Und oft kam auch noch das Handelsblatt dazu. Und so kam ich dann gegen elf oder halbzwölf wieder nach Hause und das nicht nur ausgeruht, sondern wohl versorgt mit den neuesten Nachrichten und Kommentaren zum Geschehen in der großen weiten Welt und der näheren Umgebung. Gina hatte dann die Idee, das Angenehme – für mich - mit dem Nützlichen - für sie bzw. für uns beide - zu verbinden, indem sie meine schweißtreibende Vormittagsbeschäftigung ‚schwippeln gehen‘ nannte und mich dahingehend aufklärte, dass ich dann doch auch immer gleich einkaufen könne. Und da ich beruflich zu keiner Zeit etwas mit dem Einkauf in meiner Company zu tun hatte, kam es auch nie zu kleinen Szenen à la Loriot.

Ich geb's ja zu - natürlich hätte man die Zeitung auch abonnieren können. Zumindest später, nachdem wir ganz in den Odenwald übergesiedelt waren. Aber ich wusste einfach nicht, wohin die Zeitung hätte geliefert werden sollen. Wir hatten damals nämlich zwei Wohnsitze – einen in Neu-Isenburg und den anderen in Erzbach. Vom Montag bis zum Donnerstag waren wir meist in Neu-Isenburg und am Donnerstag ging es abends ziemlich regelmäßig bis zum Montag früh in unser Heim in Erzbach. Ich hätte also zwei Abos gebraucht und das war mir zu schade ums Geld.


Ich hatte mir soeben nach den Investitionen in Küche und Bad einen Überblick über unser finanzielles ‚Elend‘ verschafft und wollte nun aufbrechen, um neben den anstehenden Einkäufen vor allem mein überaus geliebtes Erbacher Kaffee-Haus zwecks eingehenderer Zeitungslektüre aufzusuchen, als Gina ganz unvermittelt zu mir meinte: „Nix da. Jetzt wird schön hiergeblieben. Meinst wohl die Tickets für den Juni buchen sich so ganz von allein?"

„Aber muss ich nicht dafür sorgen, dass wir was zu futtern haben?"

„Musst Du in der Tat. Aber das kannst Du dann später noch machen."

Ich seufzte. Nicht zuletzt, weil ich erst einmal auf meine Rentnergruppe in unserer Aral-Tankstelle verzichten musste. Das war nämlich normalerweise meine erste Anlaufstation, wenn ich morgens das Haus verließ. Es waren dort in aller Regel so zwischen drei und acht Gleichgesinnte versammelt, alles ältere Semester, vom ehemaligen ungelernten Arbeiter, über Facharbeiter i.R., Alt-Bauern, Angestellte, bis hin zum Unternehmer und sogar einem Finanzbeamten a.D. Durchweg Altenteiler und wir pflegen vor allem über Politik zu reden. Meistens sehr leidenschaftliche Diskussionen, die bisher meist mit der Erkenntnis endeten, dass es um unsere Republik wesentlich besser bestellt wäre, wenn man auf uns hören würde. Aber leider mussten wir immer wieder feststellen, dass niemand auf uns hört. Und im übrigen war mir aufgefallen dass von ganz links bis sehr konservativ so ziemlich alle politischen Schattierungen vertreten waren und nach wie vor sind (zum Glück keiner von der AfD). So ist es mitunter richtig spannend zu verfolgen, dass wir fast immer nach 10 bis 20 Minuten einen Konsens finden.

Auf diese erhebende Begegnung musste ich heute also verzichten und mich stattdessen an mein Laptop setzen. Was sogar nach fünf Wochen noch brav funktionierte, wenn ich auch erst einmal gezwungen war zu verfolgen, mit welch atemberaubender Geschwindigkeit Windows sein Update absolvierte. Es dauerte bestimmt zehn Minuten, gefühlt waren es deren dreißig.

Ganz tapfer rief ich also die LH-Seite auf und staunte nicht schlecht, dass (wieder einmal) unsere deutsche Airline versuchte, die Englischkenntnisse ihrer Kunden zu testen. Ok,

126

ich würde es sicher hinbekommen haben, aber es gelang mir dann doch über einen kleinen Umweg bei Google die Lufthansa ganz ,old fashioned' in deutscher Sprache zu öffnen.

Und einmal mehr erlebte ich das Faszinosum bei der LH, dass die Company erneut ihre Masken verändert hatte. Ganz bestimmt wird es jedes Mal ein wenig sicherer, immer auch aber noch ein wenig komplizierter als bisher.

Wohlgemut machte ich mich also ans Werk. Und immer wieder kam ich mit den Neuerungen erst einmal nicht zurecht. Aber – oh Wunder – im dritten oder vierten Anlauf gelang es mir, mich soweit durchzuklicken, dass Gina und ich soweit kamen, uns Flüge auszusuchen. Sie setzte sich auch dieses Mal wieder neben mich, natürlich um zu helfen, denn bekanntlich sehen vier Augen mehr als zwei. Aber obendrein hege ich den fiesen Verdacht, dass sie unbedingt verhindern will, dass ich ,versehentlich' Business statt Economy buche. Natürlich hat sie recht, die paar Stunden im Flieger gehen auch Economy. Trotzdem – manchmal ist Business kaum teurer und mit der Bahn fahre ich auch immer 1. Klasse. Und das keineswegs erst, als ich anno 1965 der alt-ehrwürdigen Company meine Arbeitskraft zur Verfügung stellte, sondern schon als Student fuhr ich immer 1. Klasse, weil ich da sitzen konnte. Stehplatz 2. Klasse 1½ Stunden zwischen Kassel und Marburg war nicht so mein Ding gewesen. Gina war damals noch Schülerin und ich habe ihr nie etwas von meinen luxuriösen Ambitionen gebeichtet. Wahrscheinlich hätte sie mir solch ein Gehabe mit dem Hinweis schon damals ausgetrieben, entweder fährst Du 2. Klasse oder Du kannst Dir eine neue Freundin suchen. Ok, soweit wäre es sicher nicht gekommen, aber ordentlich geschimpft hätte sie ganz sicher mit mir und ich hätte fortan immer ein schlechtes Gewissen gehabt.

Gina starrte auf die LH-Seite.

„Das sind ja derart blöde Zeiten – und guck mal, umsteigen müssen wir auch noch: Entweder in München oder in Wien. Geh mal auf einen Tag davor."

Ich tat, wie mir geheißen.

„Dasselbe wie gehabt, aber etwas teurer sogar." stellte ich fest.

„Und einen oder zwei Tage später?"

Wow – da fanden wir einen Hinflug zwar mit Umsteigen in Wien, aber einen durchgehenden Rückflug.

„Kostet?" fragte Gina jetzt.

„Steht da ganz rechts: Hin und zurück für uns beide 798 Euro."

„Immer wird's ein wenig teurer." Gina klang etwas unzufrieden.

„Aber umbringen wird's uns auch nicht."

„Es geht ums Prinzip. Du, ich hab eine Idee. Schau doch mal bei den vielen Chartergesellschaften, ob es da nicht billiger ist."

Die meisten Charter-Airlines flogen nicht von Frankfurt aus – mit einer Ausnahme: Condor bot Flüge an.

Ich fand mich sogar auf deren Web-Seite auf Anhieb zurecht. Und siehe da: Hin- und Rückflug am Tage, alles Direktflüge und tatsächlich etwas billiger. Und man konnte sich sogar gleich seine Sitzplätze aussuchen. Genau 100 Euro billiger.

„Gut dass wir da noch mal geschaut haben."

„Hm." erwiderte ich.

„Was ist mit Hm?"

„Ist ohne Essen und die haben drei Klassen. Jetzt haben wir die billigste Kategorie."

„Essen brauchen wir nicht. Vor dem Abflug gibt's ne Stulle und wenn wir da sind, gehen wir schön essen."

„Hm." meinte ich erneut.

„Was hast Du denn nun noch auszusetzen?" Gina klang etwas ungeduldig. „Du immer und Deine Futterei."

„Es geht nicht ums Essen."

„Sondern?"

„Willst Du also quasi ‚Holzklasse' fliegen?"

„Was soll das denn nun, bitteschön heißen."

„Die billigste Kategorie bedeutet Plätze nur ganz hinten im Flieger. Wo die Luft am schlechtesten ist und die Leute vor der Toilette Schlange stehen."

Gina sagte erst einmal gar nichts.

„Wir könnten doch im Charter-Flieger mal die beste Klasse nehmen?"

Mein Fehler war wohl, dass ich es als Frage formuliert hatte und nicht energisch genug vorgetragen hatte.

„Vergiss es. Kommt überhaupt nicht in Frage."

„Ok. Ich leiste mir jetzt was ganz vorne, also Premium und Du Holzklasse. Wär doch ein angemessener Kompromiss." Ich grinste dazu.

„Also gut, Du Quergel, gibst ja dann doch keine Ruh."

„Ok. Als 2 x mittlere Kategorie."

Da Gina jetzt nichts mehr sagte, klickte ich entsprechend. Der Preis war jetzt so, wie der der Lufthansa.

„Buchen?" fragte ich.

„Buchen." antwortete Gina.

„Und jetzt suchen wir noch die Plätze aus." stellte ich fest.

„Das kannst Du nun ja wohl alleine machen." Gina stand auf und ging, um unsere Koffer auszupacken.

„Zwei Gangplätze nebeneinander, also so wie immer!" rief sie mir noch zu.

Ich suchte nun die möglichen Platzreservierungen heraus und fand tatsächlich – natürlich gegen Aufpreis – sowohl für den Hin- als auch für den Rückflug zwei nebeneinander liegende Plätze am Notausgang. Mit ganz viel Platz, um die Beine auszustrecken. Nachdem ich noch bestätigt hatte, nicht gebrechlich zu sein und auch alle fünf Sinne beieinander hätte, wurde die Platzauswahl bestätigt. Und nun wurde ich nicht 798 Euro, sondern 880 los. Ich fragte Gina sicherheitshalber nicht mehr.

Nachdem ich meine Bankdaten für die Abbuchung eingegeben hatte, kam nach weiteren 2 Minuten die Buchungsbestätigung.

Uff - geschafft.

Gina knurrte übrigens kein bisschen mit mir, dass es nun doch ein wenig teurer wurde. Meine Platzauswahl gefiel ihr offensichtlich und ich bekam sogar einen Küsschen und wurde innig ‚umärmelt'.

## 13. Kapitel

Ich hatte genug getan für die neue Küche. Meinte ich wenigstens. Aber zwei Tage später fragte mich Gina:
„Hast Du James hoffentlich schon eine Mail geschickt?"
„Nö. Was soll ich dem denn mailen?"
„Döskopp. Wann wir kommen, natürlich. Und dass er dann endlich weiterarbeitet."
„Mach ich."
James bekam also eine Mail des Inhalts, dass wir am Pfingstmontag, genauer am 10. Juni wieder nach Zypern kämen, sodass er ab dem 11. sein ‚Werk' vollenden könne. Und da ich ein höchst umsichtiger Mensch bin, fragte ich ihn zusätzlich, ob er auch Jim Bescheid geben könne, damit der unsere Innenwand wieder instand setzte.
James ließ sich mit der Antwort Zeit – erst 1 ½ Wochen später kam seine Antwort. Wie immer sei alles ‚no problem' und er werde pünktlich um 9 Uhr am 11. Juni bei uns auf der Matte stehen. Jim werde ein oder zwei Tage später kommen.
„Wieso schon am 11.?" fragte Gina, mich etwas irritiert ansehend.
„Hm?" kam es von mir fragend und leicht verunsichert zurück.
„Mensch, der 12. wäre völlig ausreichend gewesen. Überleg doch mal – am 11. morgens um 9 hab ich ja noch nicht mal unsere Koffer ausgepackt."
Ich schaute Gina nun sehr, sehr lieb an, machte mein in vergleichbaren Fällen bewährtes, will heißen betrübtes Dackelgesicht und steckte einen Zeigefinger an den Mund.

Was insofern ein voller Erfolg wurde, als sie mich – so kam es mir wenigstens vor – recht liebevoll anschaute.

„Hat der kleine Bub mal wieder auf der Leitung gestanden?"

Da sie inzwischen neben mir stand, erhob ich mich und nahm sie einfach in den Arm.

„Hast wohl jetzt doch ein wenig ein schlechtes Gewissen, dass Du mich gleich unter Stress setzt."

„Nur gaaanz ganz wenig."

Immerhin sollte ich den Termin bei James nicht um einen Tag verschieben.


Die fünf Wochen im heimatlichen Erzbach gingen schneller rum, als gedacht. Einmal mehr als ursprünglich gedacht fuhren wir mit unsern Koffern zu Linde. Nicht wie sonst immer mit dem großen Wagen, sondern mit der kleinen Karre von Gina. Die hat eine erstaunlich große Klappe – ich spreche jetzt von dem kleinen Auto – sodass man sogar beide Koffer einladen kann, wenn man die hinteren Rücksitzlehnen umklappt. Notwendig war die Aktion geworden, weil unser etwas größeres Gefährt bei 160.000 km eine richtige Motorpanne hatte, die mir auf dem Display des Bordmonitors angezeigt worden war. In der Werkstatt hatte man mir gesagt, dass etwas am Motor nicht in Ordnung sei und dass die Reparatur stolze 7.000 bis 9.000 kosten werde, man aber hoffe, dass der Hersteller einen Teil davon übernehmen werde. Was der auch insoweit tat, dass ich ‚nur' 1.000 Euro selbst berappen durfte. Alles schien mit dem Wagen wieder in Ordnung, aber einen Tag vor dem Start nach Zypern signalisierte das Display erneut die gleiche Störung. Also brachte ich das Gefährt wieder in die Werkstatt und äußerte die Hoffnung, dass man es ja vielleicht schaffen werde, bis nach dem Urlaub, also im Verlauf von drei Wochen, eine weitere Reparatur durchzuführen. Das war der Grund, dass wir mit Ginas ‚Einkaufstasche' fahren mussten, wie ich ihr kleines Gefährt immer nannte.

Übrigens war bei unserm größeren Fortbewegungsmittel keine neue Reparatur fällig geworden – die Werkstatt beichtete mir nach unserer Rückkehr, dass man vergessen hatte, den Monitor zu ‚resetten'. Und die Automarke, die mir da Verdruss bereitet hatte, nenne ich ganz bewusst nicht. Erstens kann man da u. U. ganz schön Ärger bekommen und zweitens überlasse ich laute Unmutsbezeugungen über Produkte jedweder Art sowie alle weiteren Unmutsbezeugungen lieber solchen Leuten, die meinen, sich in den sozialen Netzwerken den ‚Kropf leeren' zu müssen.

Bei Linde angekommen, mussten wir erst einmal alles Gepäck umladen, bevor sie uns mit ihrem Auto zum Flughafen fuhr. Denn eine dritte Person war in Ginas kleinem Gefährt bei so viel Gepäck beim besten Willen nicht unterzubringen.

Es war seit geschätzt 25 Jahren das erste Mal, dass wir wieder mit eine Charter-Airline flogen, sodass wir dieses Mal im Terminal C unser Gate fanden. Die Gepäckaufgabe war zwar ein klein wenig umständlicher als bei einem Linienflug, dafür aber die Sicherheitskontrolle entschieden einfacher und unkomplizierter. Vielleicht war man der Ansicht, dass es bei einem reinen Urlaubsflieger weniger Terroristen gebe?

Wir mussten eine geschlagene Stunde lang die Zeit totschlagen, bevor das Boarding begann. Unsere Brote hatten wir vorher aufgefuttert – so ein klitzekleines bisschen schämten wir uns wohl doch, im Flieger selbst dann mitgebrachte Stullen-Pakete auszuwickeln…?

Der Flug verlief völlig reibungslos und im Nachhinein war ich heilsfroh, dass wir uns Plätze am Notausgang genommen hatten, denn Condor ist noch ein wenig enger bestuhlt, als die LH.

Als wir auf die Minute pünktlich knapp 4 Stunden später in Larnaca landeten, blieb uns ja dank eigener Vorsorge dieses Mal Melis' erneute Schilderung seines überragend gut gelungenen Rückschnitts des nachbarlichen Zitronenbaums erspart, weil wir doch mit unserm eigenen Wägelchen gefahren waren, das jetzt für eine 13 Euro teure Taxifahrt vom Flughafen entfernt auf uns wartete.

Am nächsten Morgen – Gina hatte doch noch die Koffer am Abend vorher ausgepackt – kontrollierten wir erst einmal, nachdem wir alle Gartenmöbel wieder draußen an Ort und Stelle aufgestellt hatten, ob nach wie vor alle Malerfolien an den Wandschränken, über den Lampen und am Kamin einigermaßen so hingen, dass die ja ebenfalls anstehende Arbeit an unserer Wand nicht allzu viel Staub auf den Möbeln hinterlassen würde. Ginas Frühstück schmeckte wie immer ausgesprochen gut. Seine Ingredienzien hatte sie nämlich für den ersten Tag im Handgepäck mitgebracht.
Inzwischen war es halb zehn. Es wurde zehn Uhr – um halb elf versuchte Gina, Freund James zu erreichen. In wohlgesetzten englischen Worten fragte sie – wie immer höflich und verbindlich – wann denn mit Jacks oder Justins Kommen zu rechnen sei. Ich merkte, dass sie nur mit der Mailbox korrespondierte.
„Und was machen wir nun?" fragte ich.
„Was wir immer machen."

„Also werden wir jetzt die Temperatur des Meerwassers prüfen und uns wässern? Und ein wenig am Wasser entlang laufen?"

„Von wegen. Ich warte hier und Du fährst zum Papantoniou. Vorher darfst Du Dir noch Deinen Café machen, einen Zettel nehmen und ich diktiere Dir, was wir brauchen. Und mach nicht so ein mauliges Gesicht. Du kommst schon noch an Deinen Strand und schwimmen kannst Du auch noch genug. Immerhin haben wir ganze drei Wochen vor uns."

„Also doch nicht wie immer. Im übrigen drei Wochen minus vier Tage." erwiderte ich.

„Wieso?"

„Zwei Tage Flug gehen ab, heute fällt schon mal aus und einen Tag fürs Packen und um alles zu verstauen, brauchen wir auch noch. Bleiben zwei Wochen und drei Tage."

„Och Du Armer. Du tust mir ja so leid…"

„Spotte Du man."

„Mehr kann man da auch wirklich nicht machen. Schämst Du Dich nicht, so zu jammern?"

„Nö. Schließlich hält uns das Laufen am Strand jung, schlank und elastisch. Deine Worte. Und wenn wir das oft genug machen, könnten wir sogar noch das Sportabzeichen machen."

„Im Prinzip ja."

„Was meinst Du mit dieser Einschränkung, geliebtes Eheweib?"

„Also so, wie Du da trainierst, wirst Du ganz sicher nicht das Sportabzeichen erwerben. Aber dafür vielleicht den Behindertenausweis."

„Manchmal bist Du richtig fies – weißt Du das eigentlich?"

„Das bin ich nie. Höchstens wenn ich provoziert werde."

Inzwischen saß ich mit Café Cyprus Sketo, Zettel und Bleistift am Esstisch, um den Einkaufszettel zu schreiben. Gina stand daneben, was ziemlich leichtsinnig von ihr war, denn sie bekam jetzt einen ordentlichen Klaps auf ihren Po.

„Und zur Strafe bekommst Du jetzt keinen Schluck von diesem herrlichen Getränk ab." grinste ich sie an.

„Schmeckt mir eh nicht. Außerdem kann den Anna am besten und Deiner ist mir noch viel zu heiß."

Sie lächelte mich dabei an, hatte sich die Tasse geschnappt und schlürfte genüsslich drei Schlucke des edlen Gebräus.

„Schmeckt wohl doch." stellte ich fest.

„Geht so."

Inzwischen hatte ich sie mir auf den Schoß gezogen. „Soll ich mal nachschauen?"

„Was willst Du nachschauen?"

„Ob Dein Poppes jetzt schön rot ist von meinem Klaps."

„Das könnte Dir so passen. Los hau jetzt ab und fahr hoch ins Dorf. Außerdem stell Dir mal vor, Jack käme gerade in dem Moment, wo ich unten nackig wäre."

„Der kommt nie und nimmer heute." antwortete ich, als das Handy bimmelte. Es war James, der zurückrief.

Gina wollte aufstehen, aber ich hielt sie einfach fest. Als ich aber mit meiner Hand unter ihre Bluse krabbeln wollte, war ich nicht fix genug – sie war ganz schnell aufgestanden und stand jetzt in der Küche und ‚flötete' höflich mit diesem Küchenmenschen. So empfand ich es wenigstens.

„Sie kommen morgen. Und zwar zu dritt. James meint, morgen würde alles fertig."

„Dann gehen wir ja doch noch an den Strand? Und zu Anna? Und anschließend kaufen wir zusammen ein?"

Ich holte unsern Rucksack mit den Badesachen aus dem Schlafzimmerschrank, Gina zog sich in ihrem Zimmer für den Strand um, als es plötzlich in der Küche einen irre lauten Schlag tat.

„Was machst Du? rief Gina

„Gar nichts. Ist Dir was hingefallen?" rief ich zurück.

Wir waren beide in die Küche gesaust – Gina ‚oben ohne‘, um sogleich nach dem rechten zu schauen, ich wollte das eigentlich auch, war jetzt aber höchst liebreizend abgelenkt und bewunderte ihr teilweise naturbelassenes Outfit.

„Siehst Du die Bescherung?" rief sie – ich sah aber erst mal nur die entzückende Oberbekleidung meiner immer noch so schönen Frau. Sie merkte es noch nicht einmal, dass ich sie gerade bewunderte (sie hätte es ‚anstarren‘ genannt) und zeigte mit leicht erschrockenem Gesicht auf unsern Herd.

Da hatte sich die Verkleidung der Dunstabzugshaube selbständig gemacht und war voll auf das Ceranfeld geknallt, das nun diagonal einen Sprung aufwies. Selbst ich hatte jetzt meinen Blick von Gina ab- und dem Herd zugewandt. Die Gelegenheit war günstig. Zwar bedeckte sich Gina inzwischen obenrum mit ihren Händen, aber ich zog sie einfach an mich und in meine Arme. Sie umschlang mich daraufhin und so standen wir, zwei halbe Nackedeis, eng umschlungen vor dem kaputten Herd.

„Und nun?" fragte Gina leise.

„Und nun rufst Du James an, sagst ihm, dass da das Brett auf die Herdplatte gefallen ist und seine Mannen morgen ein neues Ceranfeld mitbringen müssen. Ganz einfach."

„Und Du meinst, das geht so einfach."

„Ja."

„Jetzt zieh ich mir erst mal was an."

„Oder ich ziehe Dir noch ein bissi was aus?"

„Nix da. Hört das bei Euch Männern denn nie mal auf?"

„Weiß nicht. Möchtest Du das denn?"

„Nicht wirklich. Also – vielleicht nicht wirklich. Pack lieber unsere Badesachen fertig. Du wolltest schließlich an den Strand."

Sie hatte das Wort ‚Du' betont, sodass fast der Eindruck entstand, als würde sie nur mir zuliebe mitkommen…


Da war es so schön wie immer. Herrlich warm, noch nicht zu heiß und die 2 km Strand hatten wir nur für uns. Was bewirkte, dass wir als Adam und Eva schwammen. Ich stand noch am Wasser, als Gina schon zu unsern Matten gelaufen war und sich abtrocknete. Ich ließ mich vom Wind trocknen, während wir beide am Strand entlang liefen.

„Hast Du heute aber Glück gehabt." ließ ich mich vernehmen.

„Wieso? Womit? fragte sie zurück.

„Deine so überaus liebliche und anregende Kehrseite sieht auf beiden Seiten gleich aus – keinerlei Rötung auf der linken Hälfte. Na ja, der Klaps war ja auch eher ein liebevolles Streicheln."

Was natürlich von mir eine mehr als unbedachte Äußerung war, denn nun wusste Gina, dass ich – da ich hinter ihr lief – ihre hübsche Kehrseite bewunderte, was ihr wohl gar nicht bewusst gewesen war.

Sie blieb stehen.

„Was ist?" fragte ich gepaart mit dem Versuch, ein möglichst unschuldiges Gesicht zu machen.

„Du gehst jetzt vor mir. Ich mag es nicht, wenn Du immer meinen Po anstarrst."

„Und ich mag es nicht, wenn Du mein rückseitiges Faltengebirge bewunderst. Du bist nämlich noch ziemlich knackig im Gegensatz zu mir."

„Also so richtig schön wohlgerundet hast Du hinterwärts noch nie ausgesehen."

Das wollte erst einmal ‚verdaut' werden und so sagte ich erst mal gar nichts.

„Und sonst?" fragte ich dann.

„Fishing for Complimensts ist heute nicht. Na ja, ging so. Wie sagst Du doch immer noch gleich? Hätte schlimmer kommen können."

„Sag ich aber nie in einem solchen Zusammenhang."

Scheinbar zusammenhanglos fragte sie dann: „Wär ich sonst bei Dir geblieben? Wären wir dann immer noch zusammen?"

Inzwischen liefen wir nebeneinander her.

„Kann es sein, dass Du mich liebst? fragte ich daraufhin.

„Ja, kann schon sein."

Sie war jetzt einen Schritt vor mir, drehte sich um und umarmte mich.

„Muss ich jetzt Wiedergutmachung betreiben?"

„Oh ja." rutschte mir voller Begeisterung raus.

„Mal sehen. Vielleicht heut Abend. Wenn ich nicht zu müde bin."

## 14. Kapitel

Punkt neun Uhr standen am nächsten Morgen Justin und Jack vor der Haustür. Wieder mit den neuen Unterschranktüren und den Glasplatten beladen. Wir schauten uns die Farbgebung an, fanden, dass sowohl die Türen als auch das Glas richtig so eingefärbt waren, wie wir es uns vorgestellt hatten. Kaum waren sie in der Wohnung, zeigten wir Ihnen die Bescherung mit dem Herd. Beide grinsten um die Wette, versicherten, das sei ‚no problem' und zeigten auf ein flaches Paket mit einem neuen Ceranfeld.
Da man die arbeitende Bevölkerung bei der Steigerung des zypriotischen Bruttosozialprodukts nicht stören soll, beschlossen wir, uns lieber zu verdünnisieren.

Same procedure than every day, d. h. wir fuhren zum Strand, schwammen, liefen ein wenig in der Sonne, faulenzten auf unsern Sonnenmatten und waren wie immer gegen halb elf bei Anna. Dieses Mal bekamen wir jeder eine Scheibe Weißbrot mit Halloumi zu unserm Kaffee – Gina schmeckte er so gut, dass von ihrer Tasse nur ein kleiner Schluck für mich übrig blieb.
Anna hat uns zweifellos in ihr Herz geschlossen. Seit Jahren schon nahm sie immer einen Euro für ein Tässchen ihres Cyprus Coffee Sketo, wir bekamen stets zusätzlich immer noch zwei Kekse dazu. Manchmal hatte sie selbst welche gebacken, die natürlich noch sehr viel besser schmeckten. Wir brachten ihr immer von zu Hause etwas Süßes mit, tun es heute noch. Meist zu Ostern eine Schachtel mit Pralinen-Eiern, zu Weihnachten oft Lebkuchen oder Marzipan

und wenn wir im Frühsommer – so wie jetzt – noch ein weiteres Mal kamen, eine Schachtel mit Konfekt. Inzwischen servierte sie uns immer seltener ‚nur' Kekse zum Café, stattdessen immer öfter auch mal frisches Obst, bisweilen eine Scheibe Brot mit Marmelade bestrichen oder so wie heute mit Halloumi belegt. Neulich hatte sie das Maß ihrer Güte voll gemacht: Sie servierte uns zum bestellten Café zwei Scheiben getoastetes Weißbrot und zwischen die Scheiben hatte sie köstlichen in der Pfanne vorgerösteten zypriotischen Schinken, Lountza genannt, und Tomaten gelegt. Selbst die sich fast ausschließlich vegan ernährende Gina konnte da nicht widerstehen. Das alles immer für besagte zwei Euro für den Café und wenn ich mal mehr bezahlen wollte, war sie gekränkt. Und obendrein waren unsere zwei Tässchen Café am Tag unserer Ankunft und auch am letzten Tag vor unserer Heimreise für Anna selbstredend ‚on the house'.

„Nächstes Mal bestell ich mir einen Doppelten." murmelte ich.
„Kannst Du machen. Kannst Dir aber auch zu Hause noch einen zweiten kochen."
„Erstens haben die unsern Herd zertrümmert und zweitens sagst Du doch immer, dass Annas Sketo besser schmeckt als meiner."
„Den Herd werden sie repariert haben, wenn wir zurück sind und im übrigen könntest Du Anna ja mal fragen, wie sie ihren Café Sketo macht."
Ich ging also zu Anna in die Küche. Sie nahm die etwas billigere Café-Sorte, aber die gleiche Menge Café wie ich. Als ich wieder bei Gina draußen aufkreuzte, lächelte sie mich an:
„Na, hast Du was gelernt?"

„Sie nimmt die billigere Café-Sorte, aber sonst macht sie alles so, wie ich auch. Ich glaube, das liegt an unserm extrem harten Wasser."

Beim Papantoniou war dieses Mal ein Großeinkauf angesagt und wir kehrten schwer beladen mit zwei Taschen nach Hause zurück. Gina hatte vor allem jede Menge Gemüse erstanden und auch größere Mengen an Obst.
„Und was machen wir mit dem Gemüse, wenn es mit dem Herd nicht geklappt hat?"
„Positiv denken, positiv denken, mein kleiner, langer Griesgram."
„Und wenn ich nun recht habe?"
„Gehen wir heut Abend essen."
„Und das Gemüse schmeißen wir weg."
„Hast Du schon mal in unsern neuen Kühlschrank geschaut? Wie bei unserm alten gibt's da unten zwei Gemüsefächer – da kommt es rein und morgen schmeckt es auch noch."
„Essen gehen wäre nicht schlecht."
„Wie – schmeckt Dir auf einmal mein Essen nicht mehr?"
„Oh doch, sogar sehr. Aber mich packt gerade mal wieder die Fleischeslust."
„Du kommst schon noch irgendwann zu Deinem Fleisch. Stellst Dich gerade mal wieder an, wie ein kleines Bübchen, dem man seinen Schnuller vorenthalten will."
Ich sage gar nichts, sehe aber, dass Gina soeben arg frech in sich hineinlächelt. Also muss ich doch etwas sagen.
„Der Weise schweigt." stelle ich also fest. Ich bin etwas irritiert, weil Gina jetzt richtig lacht.
„Was erheitert Dich so?" frage ich.
„Du und weise – da lachen ja die Hühner."

„Nur weil ich gern mal ein Stück Fleisch zwischen den Zähnen haben möchte."

„Mal? Erinnere Dich mal daran, was Deine Mutter immer gesagt hat."

„Was hat sie gesagt?"

„Fresssäcke werden nicht geboren sondern erzogen."

„Das ist völlig aus dem Zusammenhang gerissen. Das hat sie bisweilen zu Vater gesagt, wenn der sich den siebten grünen Kloß einverleibte, wenn es Sauerbraten mit Thüringer Klößen gab."

„Du hast doch immer viel von meinem Daddy gehalten." Gina wollte sichtlich etwas ablenken.

„Ja. Der war in jeder Hinsicht ok. Hat zwar still gelitten, wenn er vor allem von Deiner Mama und Deiner Schwester in puncto Essen kurz gehalten wurde, aber er hat sich nie beklagt."

„Daddy hat immer gesagt, der Mensch soll nicht so verfressen sein, sondern ein geistiges Leben führen."

„Stimmt. Das hat er mal gesagt. Aber nur, weil ihm mit seinen Frauen nichts anderes übrig blieb. Und wenn er mal bei meinen Eltern war, haben Mama und Renate ihn immer durch Blicke zu bremsen versucht – da konnte sich der arme Kerl wenigstens mal richtig satt essen."

„Nun ist er schon über 40 Jahre tot." stellte Gina nachdenklich fest.

„An Unterernährung gestorben." murmelte ich und handelte mir damit einen heftigen Puff in die Seite ein.

Inzwischen standen wir vor der offenen Haustür. Und trauten unsern Augen kaum.

Jack und Justin waren offenbar mit allen Arbeiten fertig. Sie verfugten gerade die Glasplatte an den Küchenwänden. Und sofort sah ich, dass wir ein neues Ceranfeld hatten – eigentlich sah es haargenau wie unser altes aus. Nur hatte es jetzt silberfarbene Drehschalter, die alten waren schwarz.

Sogar Justin war am arbeiten – er verfugte gerade die Glasplatte ganz rechts an der Wand. Gina sah sofort, dass Jack sehr viel feiner verfugte. Justin trug die Fugenmasse sehr viel dicker auf. Gina sagte nur leise
„Na ja…"

Sie sah richtig froh aus. Fand ich wenigstens. Und lächelte mich an.

„Du alter Schwarzseher. Hast Du gesehen, dass der neue Herd schon eingebaut ist?"

„Hm."

Justin klärte uns dann auf, dass sie ein Ceranfeld aus James Showroom hätten nehmen müssen – ein ganz neues hätte mehrere Tage Lieferzeit gebraucht. Und dann sagte er noch etwas, was mich einerseits betrübte, weil ich mir keinen Café würde kochen können, andererseits erfreute, weil wir heute in einer Taverne speisen würden:

„Heute dürft Ihr noch nichts kochen. Das Kochfeld haben wir frisch eingefugt und der Kitt-Masse muss erst trocknen. Klar?"

„Ok. Wir wollten ohnehin heut Abend essen gehen." antwortete Gina. Jede Form der Verwunderung wegen unserer vorangegangenen Diskussion verkniff ich mir.

„Und was ist nun mit dem Loch da oben" fragte ich und zeigte auf die Stelle, wo die alte Dunstabzugshaube gewesen war.

Justin grinste.

„Das ist Jims Job. Er weiß Bescheid." lautete die knappe Antwort.

„Aber Jim hatte uns gesagt, er könne es nicht machen, weil er dazu einen Backstein braucht." wagte Gina erneut zu erwidern.

„Jim's Job." lautete die noch kürzere, aber wie ich fand, nicht mehr ganz so selbstsicher klingende Entgegnung.

Eine halbe Stunde später waren unsere beiden ‚Helden' abgerückt. Vorher hatten sie noch schön sauber gemacht. Nun ja, sauber ist ein relativer Begriff – selbst ich musste zugeben, dass es wohl nur eine Handwerkerreinigung war, denn ein Mal mit dem Finger über die Arbeitsplatte gewischt offenbarte, dass man wohl besser alles feucht abwischen sollte.

„Machst Du das?" fragte Gina. „Nimm den kleinen Eimer, den Lappen aus dem Bad und tu etwas Reinigungsmittel ins Wasser. Ich fang schon mal mit dem Fußboden an."

„Den Jim dann morgen wieder total dreckig macht."

„Du kapierst es wohl nie. Ich will den Staub und Dreck nicht in den Schlafzimmern haben. Alles klar?"

„Aye, aye M'am." antwortete ich grinsend.

„Geht doch." lächelte Gina mich an. „Und dann gehen wir zum Kastro zum Lunch und danach machen wir Siesta."

„Wie, wollen wir heut zweimal in eine Kneipe rennen?"

„Erstens würden wir mit dem Auto fahren, Zweitens gibt es hier keine Kneipen, die nennt man hier nämlich Tavernen, wie Du vielleicht schon bemerkt hast und drittens - heute Abend machen wir uns Schnitten und bleiben brav zu Hause."

Es war fast halb drei geworden, bis wir unser Essen beim Kastro serviert bekamen. Gegrillten Oktopus hatten wir bestellt – er war köstlich. Es war so spät geworden, weil mit dem Aufwischen alles so lange gedauert hatte: Erst musste alles wieder trocknen, denn mit weit geöffneten Türen wollten wir unsere Bleibe nun doch nicht zurücklassen, auch nicht für nur knapp zwei Stunden.

Pünktlich am nächsten Morgen klopfte Jim an die Tür, um mit seinem Teil der Arbeit zu beginnen: Erstens die von Justin vor vielen Wochen an unsern Wänden angebrachten roten Arbeitshinweise für Jack und seine Leute entfernen, zweitens die Küche neu streichen und vor allem drittens unsere vom winterlichen Dauerregen durchnässte und inzwischen wieder ganz durchgetrocknete Ess- und Wohnzimmerwand wieder ‚auf Vordermann' bringen.
Er betrachtete voller Wohlwollen die von uns am vorhergehenden Abend erneut mit Malerabdeckfolie völlig zugehängte Küche und meinte dann recht bestimmt und dabei schon fast unverschämt grinsend, nachdem er den Rest der Möbel und auch den unter dem Esszimmerfenster hängenden Heizkörper sorgfältig abgedeckt hatte:
„Ihr geht jetzt besser. Es wird nämlich laut und auch etwas staubig."
„Meinst Du?" fragte Gina zurück.
„Meine ich." erwiderte er immer noch erst grinsend und dann eher milde lächelnd.
„Oder wollt Ihr gern weiß gepudert aussehen?"
Wir wollten nicht und spulten daher nur zu gern unser geliebtes Vormittagsprogramm ab.

Um zwei Uhr mittags kamen wir zurück. So ähnlich hatte ich unser Haus als Kind in Erinnerung, als im Oktober 1943 im zweiten Weltkrieg in einem einen halben Straßenzug entfernt liegenden Haus eine Luftmine eingeschlagen hatte. Der Unterschied zu damals bestand erfreulicherweise darin, dass ringsum alle Villen und Wohnungen noch unversehrt waren: Unser Fußboden war soeben vergleichsweise blitzsauber von Jim gereinigt worden, aber die Malerfolien in der Küche sahen milchig und trübe aus – sie waren wirklich weiß gepudert. Und Jim war so mit weißem Staub bedeckt, dass er sofort auf jedem Jahrmarkt als Harlekin hätte auftreten können. Selbst seine roten Haare waren weiß bemehlt überzogen. Und unsere Wand sah aus wie eine Kraterlandschaft – teilweise hatte er den Putz bis runter aufs Mauerwerk entfernt und an einer Stelle sah man sogar eine der blanken Betonstreben, die anno 1989 zwecks Sicherung vor Erbeben in dem Haus verbaut worden waren.

Jim tröstet uns.

„Ab morgen gibt es weniger Dreck und Staub. Jetzt ist nämlich alles fertig für den Putz und das gibt keinen Staub mehr."

„Dann können wir in der Küche die Folien schon mal entfernen?"

„Könnt Ihr. Die müssen ja ohnehin ab, damit ich Justins Geschmier entfernen kann. So, und jetzt muss ich heim und mich duschen. See you tomorrow." Und weg war er.


„Und jetzt muss ich erst mal wieder aufwischen." Gina wollte sogleich loslegen.

„Willst Du heute zweimal aufwischen?" fragte ich ganz scheinheilig, weil ich - meinte ich wenigstens – diesmal die bessere Idee zu haben glaubte. Und so fuhr ich voller Stolz fort:

„Wollen wir nicht erst mal die Folien in der Küche entfernen? So ganz ohne dass etwas auf den Boden fällt, bekommen wir die nämlich nicht ab."

„Wow – hätte ich Dir gar nicht zugetraut."

„Ich bin schließlich ein Muster an Umsicht. Vor allem wenn ich Deine Arbeitskraft schonen kann." Ich war richtig stolz, dass mein Vorschlag offenbar gut war.

„Ich sage da mal lieber nichts." lächelte sie mich an.

„Nicht, dass Du mir etwa in einen Steinzeitanfall zurückfällst."

Ich sagte gar nichts sondern begann vorsichtig die Folien zu lösen.

Mit Steinzeitanfall meinte Gina ganz ohne Zweifel meine gelegentlichen Temperamentsausbrüche, wenn ich gereizt wurde. Gina hatte nämlich bisweilen den Bogen prächtig raus, mich zu reizen, und wenn ich dann explodierte, machte sie immer das unschuldigste Gesicht der Welt – so als wenn sie kein Wässerchen trüben könnte.

Früher kam es ziemlich oft vor, dass ich ‚loslegte', also mindestens alle 4 Wochen, heute bin ich wesentlich ruhiger, gesetzter und weiser geworden: Der heilige Zorn überkommt mich höchstens noch ein Mal im Monat.

Meistens kommt sie dann so nach zehn Minuten, spätestens einer halben Stunde an. „Wieder gut?" fragt sie dann immer und sieht dazu so hinreißend schön aus, dass ich sofort wieder einlenke. Ich sollte eigentlich öfter explodieren, weil das Versöhnen immer sehr schön ist.

Manchmal aber kommt sie auch nicht. Dann bin ich wohl jeweils ein wenig über das Ziel hinausgeschossen und ich gehe dann zu ihr. Meist mache ich vorher noch einen Café und gehe dann zu ihr, um ihr ihre zwei bis drei Schlucke abzugeben. So gleichsam als Analogon zur indianischen Friedenpfeife. Klappt mit dem ‚wieder-gut-sein' ebenfalls bestens.

Gina wischte also wieder die Bodenfliesen. Im stillen befürchtete ich schon ein wenig, dass sich bei so häufigen Aufwischen der Fugenkitt zwischen den Fliesen lösen könnte, aber meine diesbezüglich Bemerkung wurde zunächst mit dem Hinweis „Blödmann." bedacht, bevor sie ergänzte:

„Setz Dich raus und komm ja nicht auf die Idee hier reinzukommen, bevor alles getrocknet ist."

„Wenn Du Durchzug machst, trocknet alles viel schneller."

„Geht nicht."

„Warum nicht?"

„Wegen der Gekos."

Ich machte wohl nicht eben mein intelligentestes Gesicht. Also fügte sie eine Erläuterung an.

„Das sind diese süßen kleinen Tierchen."

„Ach nee – hab ja noch gar nicht gewusst."

„Die Viecher kommen hier womöglich rein und ich hab keine Lust, im Herbst kleine, tote und mumifizierte Gekos zu entsorgen."

Zwar hielt ich Ginas Sorge für erheblich übertrieben, sagte aber lieber nichts. Brummelte nur ein wenig vor mich hin. Und da sie – im Gegensatz zu mir – bestens hört, hakte sie sogleich nach.

„Hatten wir schließlich schon."

„Ein einziges Mal und das in fast 30 Jahren. Und zur Terrasse kommen die nicht rein?"

„Da setzt Du Dich jetzt hin und passt auf."

Was soll ein Mann auf so viel geballte Logik schon erwidern…

## 15. Kapitel

Jim rückte am nächsten Morgen wieder an. Im vorderen Garten hatte er einen großen Plastikbottich deponiert und rührte darin Zement an. Dieses richtig scheußlich aussehende schwarzgraue Pulver. Mir schwante Schlimmes.

„Wenn der das Zeugs auf unsere Wand pappt – wie soll das denn aussehen? Das schimmert doch ewig dunkelgrau durch! Wie soll denn das dann unsere Magnolia-Farbe je abdecken?"

Gina war da total entspannt:

„Der wird schon wissen, was er macht. Und jetzt fahren wir erst mal los."

Immer noch leicht beunruhigt stapfte ich ins Schlafzimmer und holte unsern Rucksack.

„Was wird das?" Gina schaute etwas irritiert.

„Du sagtest, wir fahren jetzt an den Strand."

„Ich habe das Wort ‚Strand' nicht in den Mund genommen."

Nun schaute ich irgendwie wieder so, als ob ich nicht bis drei zählen könne. Gina klärte mich auf. In einer Mischung aus liebevoll bis nachsichtig.

„Pack den Rucksack wieder weg, wir fahren zu James."

„Könnten wir doch auch heute Nachmittag machen?"

„Nein, können wir nicht, denn da ist er nicht in seinem Office."

„Und warum wollen wir zu James fahren?"

„Weil Du gestern zurecht anmerktest, dass wir erstens einen Knopf an die Endabrechnung machen wollen und ich zweitens mit ihm über die Schranktüren reden will."

„Ach so."

Mehr fiel mir nicht ein.

„Darf ich mir denn vorher noch einen Café in unserer Luxusküche zubereiten?"

„Darfst Du. Aber nur wenn's schnell geht."

„Immer muss ich mich hetzen."

„Ach Du Armer. Du tust mir ja sooo leid."

Wir mussten jetzt beide lachen.

„Nun mach schon."

„Ich fliege, ich eile."

Eine viertel Stunde später war ich abfahrtbereit, meine Coffee Sketo hatte mir vorzüglich geschmeckt, mit dem Geräusch eines verendenden Büffels hatte Gina zwei Schlückchen des edlen Gebräus geschlürft und gemeint: „Dass Du das Zeugs immer so heiß trinken kannst…"

„Da Du soeben bemerkt hattest, dass ich mich beeilen soll, bleibt mir ja nichts anderes übrig. Im übrigen weißt Du doch: Indianer kennen keinen Schmerz."

Meine Erwiderung klang sehr selbstbewusst.


Als wir nach einer halben Stunde Autofahrt – der Highway zwischen Pissouri und dem Flughafen Paphos ist der aus meiner Sicht schönste ,worldwide' und stellt sogar die Interstate No. 1 in den USA in den Schatten – bei James eintrudelten, hatte der gerade Kunden, eine ,sie' und einen ,er', sodass wir ein wenig warten mussten.

„Die Ärmsten – denen verspricht er sicher auch eine Woche und braucht dann deren sechs." sagte ich zu Gina.

„Übertreibst Du nicht ein bisschen?"

Jede Erwiderung schien mir unter meiner Würde.

Ich ging erst einmal nach draußen, um ein bisschen an meiner Pfeife zu nuckeln. Leider gab es dort keinen Schatten. Die Entscheidung, ob draußen in der Sonne schmoren und an der Tabakspfeife zu ziehen, oder doch besser drin zu

warten, war schnell entschieden: Drin war's kühler. Und kaum war ich wieder in den etwas kühleren aber vor allem schattigen Räumen im Geschäft, verabschiedeten sich die anderen Kunden und James wandte sich uns strahlend zu.
Nach einer Stunde waren wir bereits fertig. Und waren so schlau wie zuvor. James deutete nur an, dass wir zufrieden sein würden. Immerhin hatte er noch fast tausend Euro zu bekommen. Aber über die eigentlich seit ein paar Tagen fällige Rechnungsrestsumme hatte er kein Wort verloren. Gina hatte ihn noch einmal auf die Schranktüren in den beiden ‚bedrooms' angesprochen, was ihn wohl höchst erfreute. Er avisierte uns, dass Justin morgen noch einmal bei uns vorbeischauen würde, um die Türen genau auszumessen.

Leicht irritiert zogen wir ab.
„Und nun?" fragte ich.
„Und nun fahren wir in die Shopping Mall und schauen bei Zara Home, ob die etwas Hübsches für unsere Küche haben."
„Und da gibt's einen anständigen Espresso – leider ist man in der Mall für einen guten Cyprus Coffee zu vornehm."
„Zuhause trinkst Du den unterwegs doch auch immer." tröstete sie mich.
Natürlich hatte Zara nichts, was da als Kleinst-Möbel für unsere Küche geeignet gewesen wäre.
„Und jetzt hab ich ziemlichen Hunger. Wollen wir oben im Ort noch was essen?" fragte ich.
Tatsächlich fanden wir am alten Marktplatz in Paphos in einer Taverne mit Meer- und Leuchtturmblick ein Schattenplätzchen in der ersten Reihe.

Wohlig gestärkt machten wir uns auf den Heimweg und waren um halb drei zur wohlverdienten Siesta wieder daheim.

Jim hatte die Stätte seines Tuns längst verlassen und die Wand im Wohnzimmer übertraf unsere schlimmsten Erwartungen: Sie war fast vollständig mit anthrazitfarbenem Zement bedeckt. Natürlich noch alles recht feucht.

„Das muss jetzt wohl erst einmal ein paar Tage trocknen, bevor er weitermachen kann." stellte Gina fest. Ich sagte gar nichts, ich war eigentlich nur noch skeptisch, ob das je wieder werden würde. Gina sah mir – mal wieder – an der Nasenspitze an, wo mich der Schuh drückte.

„Das wird schon wieder. Denk mal dran, wie es hier aussah, als Spyros uns den Vorbau gemacht hatte. Das sah noch viel schlimmer aus und ist dann doch alles hinterher richtig schön geworden."

„Warum tun wir uns das nur an?" murmelte ich leise.

„Damit mein kleiner langer Miesepeter etwas lernt, denn die Wand hat mit der Küche absolut nichts zu tun und dass es da durchgeregnet hat, ist uns einfach so passiert."

„Hm." meinte ich.

„Wir sollten froh sein, dass James uns den Jim vermittelt hat. Der scheint mir nämlich noch ein wenig professioneller zu arbeiten als Spyros. Jim hat den Job offenbar mal gelernt, Spyros seine Mannen sind dagegen nur angelernt. Wie unsere Fliesen beweisen, die ja zum Teil leider nicht alle plan liegen."

„Warum kann ich nicht mal von alleine so denken wie Du?"

„Weil Du mich dafür hast, Dir das positive Denken beizubringen?"

Meine Güte, kann diese Frau frech aussehen.

Gina rief Jim nach unserer Siesta an.

„Wir haben richtig vermutet. Jim macht erst nächste Woche weiter. Es muss alles erst trocknen."

„Und wie lange leben wir noch in unserer Baustelle? Mit abgedeckten Möbeln?"

„Bis Jim fertig ist."

„So genau wollte ich's nicht wissen."

„Jim meinte, wenn ich ihn richtig verstanden habe, nochmal zwei Tage. Einen zum Verputzen und einen weiteren zum Streichen."

„Und der zweite Putz muss dann wieder eine Woche trocknen? Sodass alles erst im Herbst endgültig fertig wird?"

„Beim Spyros ging das Finish auch sehr schnell. Manchmal habe ich den Eindruck, dass es eine wahre Sisyphus-Arbeit ist, Dir wenigstens ein bisschen positives Denken beizubringen."

Am nächsten Morgen stand Justin bei uns auf der Matte und schwenkte fröhlich ein Maßband in seiner Hand. Mehr als ein ‚Hi' brachte er nicht heraus und wir merkten sehr schnell, dass er keineswegs fröhlich war, sondern eher ein wenig muffig dreinschaute.

Erst verschwand er im Schlafzimmer und maß dort die Schranktüren aus, anschließend folgte die gleiche Prozedur in Ginas Zimmer. Nach zehn Minuten hatte er alles in seinem Notizbuch notiert. Wir dachten, er wäre jetzt fertig und wunderten uns, als er in den Vorgarten ging, um aus seiner mitgebrachten Handwerkerkiste ein kleines Holzgestell hervorzukramen.

Mit dem und einem unserer Gartenstühle bewaffnet ging er in die Küche, stellte den Stuhl links neben das Fenster, um ihn zu besteigen, ein Fuß auf der Arbeitsplatte. Gina rollte verzweifelt mit den Augen - trotz des von ihm untergelegten Lappens.

Aber dann grinsten wir uns an.

„Da hatte wohl einer den Mund zu voll genommen und muss nun doch das Loch vom alten Lüfter in der Außenwand höchstselbst verschließen? Ts, ts, ts. Wo das doch der Job von unserm Handwerker sein sollte, der die Wand wieder in Ordnung bringt."

„Pst, sei still." ermahnte mich Gina.

„Der versteht doch kein Deutsch. Und ich hab extra keinen Namen genannt. Aber jetzt wissen wir wenigstens, warum er so brummig ausschaut."

„Ich nenn jetzt auch keinen Namen. Aber da hat offenbar unser Verputzer mit dem Chef unsres Küchen-Geschäfts ein Telefonat geführt."

„Scheint so. Und trotz aller Skepsis gegenüber dem Chef hat der da" ich deutete auf Justin „jetzt von oberster Stelle gesagt bekommen, wer was zu machen hat. Ja, ja, der Ober sticht den Unter…"

Justin schnaufte bei seiner Arbeit recht vernehmlich, hatte das Gestell aber perfekt eingepasst und dann eine kleine, genau passende Platte auf den Rändern des Gestells verklebt und zusätzlich verschraubt.

Als er von Stuhl und Arbeitsplatte wieder herabgestiegen war, betrachtete er zufrieden sein Werk und machte uns klar, dass Jim die Ränder noch sauber verfugen und abschließend streichen würde.


Am Späten Nachmittag klingelte unser Handy: James avisierte sein Kommen für den nächsten Vormittag zwischen 9 und 10 Uhr.

„Ich möchte sicher gehen, dass Justin die Türen richtig ausgemessen hat. Er hat mir lauter Maße gegeben, die außerhalb der Norm liegen. Und dann möchte ich ein paar Fotos von Eurer neuen Küche machen, wenn Ihr einverstanden seid." ließ er uns wissen.

James stand um halb zehn vor der Tür. Justin hatte offenbar richtig gemessen.
„Hast Du schon eine Ahnung, was die Türen uns kosten werden?" fragte Gina.
„Könnt Ihr morgen noch einmal vorbeischauen? Dann hab ich alles berechnet. Und dann könnten wir auch den Endpreis für die Küche aushandeln."
„Ok. Vergiss aber nicht, dass der Geschirrspüler und die Magic Corner zurückgingen und die Spüle wird ja auch noch billiger."
James lachte.
„Ich weiß, ich weiß. Keine Sorge, wir machen das ja zusammen. Ich denke, Ihr werdet zufrieden sein."
„Da bin ich aber gespannt." murmelte ich Gina leise auf Deutsch zu.

Inzwischen hatten wir im Wohnbereich die nach wie vor abgedeckten Möbel ein wenig zusammen geschoben, um wenigstens am Esstisch vernünftig Platz zu haben. Trotzdem – richtig heimelig sah alles noch längst nicht wieder aus.

## 16. Kapitel

James musste wohl doch ein ziemlich schlechtes Gewissen haben. Als wir bei ihm im Office saßen, gab es erst einmal jede Menge Small Talk über dies und jenes, dazu bekam Gina ihren Tee, ich eine Tasse Kaffee.

James plauderte, wie er nach Zypern gekommen war, dass er sich hier sehr wohl fühle, seine Kunden zumeist Engländer seien, wenige Deutsche, ein paar Skandinavier und einige Russen kämen hinzu, die Zyprioten aber fast durchweg bei ihren Landsleuten kauften. Er kam auch noch einmal auf seine Abwesenheit im April zurück – da sei die beste Freundin seiner Frau gestorben, einem Krebsleiden erlegen. Vor allem seiner Frau sei deren Tod sehr nahe gegangen. Und um der Familie ein wenig beizustehen, sei sie zwei volle Wochen im UK geblieben.

Als nächstes lotste er uns noch einmal zu seinen Farbmustern – Gina fand auf Anhieb das bereits ausgewählte Weiß für die Schranktüren wieder. Wir legten dann noch fest, welche der Türen abschließbar sein sollten.

Wieder in seinem Office, entschuldigte er sich erneut für die vielen Verzögerungen bei unserer Küche und bot uns an, die Schranktüren – er hatte zuvor für die 10 Türflügel knapp 1.000 Euro genannt – gar nicht zu berechnen.

Das klang für uns recht passabel, denn auf die Küchenmöbel hatte er ja schon einen sehr ordentlichen Discount eingeräumt gehabt und selbst wenn man Geschirrspüler und Magic Corner gegenrechnete, waren das per Saldo über fünf Prozent – leben und leben lassen, war schon immer unsere Devise gewesen.

James versprach abschließend, dass er uns die Türen während unseres Herbsturlaubes liefern und einbauen und die alten selbstverständlich entsorgen werde.


Endlich hatten wir mal ein paar Tage Ruhe, keinerlei Verpflichtungen, keine Einladungen, keine Besuche – nur wir zwei ganz für uns. Inzwischen war es richtig heiß geworden. So verlegten wir den Strandbesuch immer auf den frühen Vormittag – gefrühstückt wurde erst danach. Zusätzlich fuhren wir fast jeden Tag zum Einkaufen, um vor allem alles Gemüse und Obst möglichst frisch zu haben. Nachmittags hingen wir beide meist an unsern E-Book-Readern, manchmal ‚murksten‘ wir auch noch ein wenig im Garten und eigentlich waren nur die Abende immer ein wenig trist, weil es nach wie vor so ungemütlich war, denn immer noch waren fast alle Möbel zugehängt, weil doch Jim noch ante portas stand, um die Wand fertig zu stellen.

Er kam tatsächlich nach einer Woche.
„Ist noch nicht ganz durchgetrocknet, aber trocken genug um weiterzuarbeiten." stellte er zufrieden fest.
Sein Blick schweifte durch die Küche und blieb an dem geschlossenen Loch für den alten Entlüfter hängen. Er sagte nichts, grinste dafür aber umso vielsagender.
Wir packten unsere Sachen für den Strand, nachdem er uns bedeutet hatte, dass er höchstens zwei Stunden brauche, um alles endgültig zu verputzen.
„Und das muss nun wieder eine Woche trocknen?"
Jim grinste erneut.
„Nein dieses Mal mindestens drei Wochen." lachte er los und fuhr dann fort, als er unsere betretenen Gesichter sah:
„Nein, das war ein Joke. Heute bereite ich alles vor und morgen wird gestrichen."

„Dass wir das erleben dürfen." murmelte ich leise auf Deutsch vor mich hin.

Gina lächelte recht vergnügt, wie mir schien.

„Siehst Du, nun wird doch noch alles fertig. Und obendrein haben wir dann noch eine ganze Woche in voller Schönheit."

„Du meinst also, unsere Küche ist schön."

„Ja. Du etwa nicht? Sag bloß…"

„Schön ist für mich etwas ganz anderes."

Da ich mal wieder das entsprechende Gesicht dabei machte, lachte Gina.

„Sind wieder mal acht Minuten rum?"

Diese Frage ist erläuterungsbedürftig. Vor Jahren hatte Gina während einer Autofahrt mal im Radio eine Sendung gehört, in der irgendein Psychologe zu seinem neuen Buch befragt wurde. Jener Autor hatte behauptet, dass Männer alle acht Minuten unzüchtige Gedanken hätten, hatte sie mir damals strahlend berichtet. Und seitdem kommt von ihr bisweilen die an mich gerichtete Frage, ob mal wieder besagte acht Minuten herum wären. So wie eben. Was natürlich einer würdigen Antwort meinerseits bedurfte.

„Wie kommst Du denn darauf? Ich gebe es aber natürlich zu – wenn Du so ganz ‚en nature' ins Meer schreitest, meine ich, ist das Schönheit."

„Also doch acht Minuten."

Gina lächelte noch immer und obendrein ziemlich frech.

„Wie kommst Du denn darauf? Schon mal was von Kant gehört?"

„Hm? Nun sag aber bloß nicht, dass Du jetzt eine philosophische Anwandlung kriegst."

„Kant hat Schönheit mal als interesseloses Wohlgefallen definiert."

Inzwischen stand Gina direkt vor mir.

„Du und interesselos – da lachen ja die Hühner."

„Aber nur, weil Du so herausfordernd ausschaust."

Eigentlich wollte ich noch mehr sagen, aber inzwischen lenkte sie mich ziemlich ab, indem sie mich fest umarmte.


Jim hatte Wort gehalten. Am Tag zuvor hatte er den dunkelgrauen Putz weiß überputzt und der war schon am selben Abend trocken. Als wir an seinem letzten Arbeitstag bei uns nach Hause kamen, hatte er gerade die letzten Pinselstriche an der Einfassung des großen Rundbogenfensters zum Garten getätigt und fing nun an, seine Abdeckungen zu entfernen, um anschließend aufzuwischen. Die gesamte Wand sah aus wie neu – besser als je zuvor. Und die Stelle, wo mal die alte Dunstabzugshaube gesessen hatte, war auch nichts mehr zu sehen – nur eine schöne frisch gestrichene Wand.

Man muss es den englischen Handwerkern lassen, sie arbeiten nicht nur sehr ordentlich und professionell, sondern auch noch sehr, sehr sauber und entfernen nach vollbrachtem Tun alle Spuren ihrer Tätigkeit. Das war uns schon bei James Leuten aufgefallen und Jim machte es genauso.

Es war drei Uhr nachmittags geworden, als er endlich abzog. Dafür, dass er fast 3 volle Tage bei uns gewerkelt hatte, fanden wir die 250 Euro als recht preiswert.


Nachdem Jim endlich fort war, gab Gina das Startsignal. Und zwar zum hochwohllöblichen Tun für uns beide.

„Jetzt können wir alle Möbel endlich wieder auspacken. Aber vorsichtig, nicht dass der Dreck auf dem Abdeck-Zeugs noch zusätzlich hier verteilt wird." Gina guckte sehr energisch.

„Hm. Ich wollte das eigentlich alles einfach so runterreißen und dann hier drin ausschütteln. Damit das Aufwischen auch lohnt." grinste ich sie an.

„Blödmann. Außerdem weiß man bei Dir nie, was Dir so an dummen Zeug einfällt."

„Mach mal so weiter. Dann setz ich mich raus und lass Dich hier allein zurück."

Was zur Folge hatte, dass sie mich wieder richtig frech anschaute.

„Steh hier nicht so albern rum, sondern fass lieber mal mit an."

Ich fasste an. Die Abdeckplanen und nicht Gina. Was ich viel lieber getan hätte.

„Vooorsichtig…!"

Nach etwa 15 Minuten hatten wir alle Folien zusammengeknautscht im Vorgarten liegen, ich stopfte sie später in eine große Mülltüte. Die Stoffabdeckungen von den Polstermöbeln hatte Gina gleich in die Waschmaschine gestopft, die alsbald ihr vertrautes Brummen von sich gab.

Als ich mit dem Finger über die zuvor abgedeckten Möbel fuhr, bekam der einen zarten weißen Schimmer. Auf dem Fernseher war eine Probe nicht notwendig – der Staub war allzu offensichtlich.

„Und nun?" fragte ich behutsam in der Hoffnung, mich wohlversorgt mit einem Tässchen selbstbereiteten Cafés vor weiteren Arbeiten drücken zu können.

„Und nun raus mit Dir – ich werde jetzt aufwischen. Und rein darfst Du erst wieder, wenn der Boden trocken ist."

Mit Café und Tabakspfeife ausgerüstet, verließ ich die unwirtliche Stätte und setzte mich auf einen Stuhl im Garten, lieblich von unserm Zitronenbaum beschattet.

„Es ist doch zu schön mit anzusehen, wie es einem selbst gut geht und die Frau Arbeit hat."

Die provozierende Bemerkung hätte ich wohl besser unterlassen, denn Gina kam daraufhin mit einem Glas Wasser zu mir.

„Oh wie lieb, das Wasser zum Café – hatte ich tatsächlich vergessen."

Hätte ich ein klein wenig besser aufgepasst, was sie für ein Gesicht machte, wäre es nicht passiert. Sie stellte das Glas nämlich nicht auf den Tisch, sondern schüttete mir etwa ein Viertel von dem kühlen Nass auf mein schütteres Haupt.

„Weil Du so frech warst. Außerdem glaube ja nicht, dass es für Dich nichts mehr zu tun gibt. Zur Strafe wirst Du alle Möbel feucht abwischen, außerdem den Kamin und die Deckenlampen auch."

Immerhin konnte ich ihr noch einen ordentlichen Klapps auf ihr so nett anzuschauendes Hinterteil geben, bevor sie lachend im Haus verschwand.


Eine Stunde später, war alles gewischt und auch getrocknet. Dieses Mal mit Durchzug und ohne Furcht vor den süßen, kleinen Gekos.

„So, mein Lieber. Ich ruh mich jetzt aus und Du fängst mit den Möbeln an. Aber bitte mit warmem Wasser und ein paar Tropfen Spüli drin."

„Ist das nicht deutlich übertrieben? Mit dem Staubtuch wäre das doch viel einfacher."

„Für Dich vielleicht ja, aber ich will es richtig sauber haben."

Resigniert machte ich mich brummelnd ans Werk. Gina ruhte sich tatsächlich aus, aber nicht wie ich draußen im Garten, sondern drinnen auf einem Stuhl, um genau zu schauen, ob ich es auch ordentlich machen würde.

„Warum setzt Du Dich nicht raus in den Garten?"

„Weil man Dich beaufsichtigen muss. Sonst wird da nichts rechtes draus und Du schmierst nur den Staub ein bisschen hin und her."

„Vertrauen hast Du wohl gar nicht?"

„In diesem Falle weniger. Als geborene Berlinerin gilt da der hübsche Spruch: Dir Aas kenn ick."

„Der Gerechte muss viel leiden. Aber lieber Unrecht leiden, als Unrecht tun." entgegnete ich.

„Ist Dir Lenin lieber?" kam es zurück.

„Hm?"

„Vertrauen ist gut, Kontrolle ist besser." Gina strahlte mich jetzt richtig an. Ich bekam noch ein Küsschen und auch einen Klaps auf mein Hinterteil. Aber zugegebenermaßen einen sehr sanften.

Mit Einbruch der Dunkelheit war das Werk vollbracht. Alles war sauber. Und glänzte.

„Das hätten wir geschafft." merkte ich an.

„Na ja, noch nicht so ganz." erwiderte Gina.

„Wo willst Du denn nun noch ran?"

„Ganz oben auf den Küchenmöbeln muss auch noch gewischt werden. Ich glaube, da lieget der Staub inzwischen ‚cm-dick'."

„Da brauchen wir aber die Leiter."

An alles andere war ich ohne Leiter ran gekommen, wenn z. T. auch nur mit Hilfe eines Gartenstuhls.

„Nö, lass mal. Nehmen wir auch den Gartenstuhl und ich stelle mich von da aus auf die Arbeitsplatte. Dann komm ich an alles ran. Du wärst da zu schwer. Und wo Du so fleißig und sogar ordentlich bei den andern Möbeln warst, mach ich da oben den Rest. Nur festhalten musst Du mich ein bisschen."

„Das mache ich gerne." verkündete ich strahlend.

Gina wusste sogleich, warum ich so erfreut schaute.

„Ich mach das aber in Jeans. Und nicht im Rock." lächelte sie anzüglich zurück.

Mit ‚unter-den-Rock-schauen' hatte ich schon sehr liebreizende Erfahrungen gesammelt, als Gina noch Schülerin war. Meine Eltern bauten damals ihr Haus. Und als der Rohbau fertig war, kraxelten wir oft darin herum, weil man da recht geschützt vor Zuschauern war. Schutz war uns sehr wichtig, weil wir beide unsterblich ineinander verliebt waren und uns sehr viel küssen mussten, was meist ein ganz wundervolles knutschen wurde. Die obere Etage des Rohbaus konnte man damals nur über eine Leiter erreichen und da ich ein sehr wohlerzogener junger Mann war, ließ ich Gina immer zuerst die Leiter hinaufsteigen und abwärts machte ich es umgekehrt. Natürlich machte ich das nur, weil sie ja hätte stürzen können. Na ja, und wenn sie hochkrabbelte, schaute ich immer nach oben, was mir einen atemberaubenden Blick auf zwei herrlich lange und schlanke Beine ermöglichte. Zu meinem Leidwesen wurde der Blick immer durch ein sehr hübsches Höschen gerade dort beendet, wo ich ja so sehr gern noch mehr gesehen hätte. Eigentlich schade, dass es damals noch keine String-Tangas gab.

So ähnlich war es auch heute, weshalb ich leise seufzte:

„Jede Lebensfreude wird einem verwehrt."

„Die hast Du am Strand zur Genüge."


Am vorletzten Abend vor unserer Heimreise saßen wir lesend an unserm Esstisch. Gina mit Blick zur Terrasse, meiner ging Richtung Küche, die ich versonnen betrachtete. Draußen mochten wir nicht sitzen – es schwirrten zu viele Mücken herum und unsere Autan-Vorräte waren am Ende.

„Was schaust Du so?" fragte Gina.

„Weiß nicht. Ich überlege gerade, ob es vorher nicht gemütlicher aussah."

„Ich finde, es sieht jetzt wirklich großartig aus. Viel schöner als vorher."

„Ja schon. Also Stil hat das Ganze schon. Aber irgendwie so fast schon ultramodern, durchgestylt. So in Richtung Hochglanzmagazin ‚Modern & Style'. Oder?"

„Gibt's die?"

„Nö. Hab ich soeben als Titel erfunden."

„Ist ja auch noch nicht fertig. Da an die rechte Wand muss noch was Hübsches hin. Muss gar nicht praktisch sein – ich meine mehr einen ‚Eye-Catcher'."

„Wonach Du neulich schon bei Zara-Home gesucht hattest?"

„Genau. Irgendwann finden wir noch etwas sehr Schönes, etwas, das genau dorthin passt und dann ist wirklich alles perfekt."

Sie war inzwischen aufgestanden und saß jetzt auf meinem Schoß.

„Meinst Du wirklich, dass es sich gelohnt hat, dass wir uns das angetan haben?"

„Klar doch. Und wertsteigernd ist es so obendrein auch noch."

Gina wollte mich an meiner ‚empfindlichen' Stelle packen, was ihr auch unschwer gelang.

„Also gefallen tut es mir doch auch. Und am schönsten finde ich, dass jetzt alles viel großzügiger wirkt. Als wenn wir viel mehr Platz hätten als vorher."


Am Tag unserer Abreise stellten wir dann fest, dass doch nicht alles so ganz sauber geworden war. Mehr durch einen

Zufall stellten wir nämlich fest, dass die Schlafzimmertüren und die zum Badezimmer auch eine Menge vom handwerklich verursachten Feinstaub abbekommen hatten.

„Das bleibt jetzt so, wie's ist." entschied Gina. „Im Herbst können wir das nachholen."


Linde mit unserm Enkelsohn Julian sowie Lindes Jochen waren die ersten ‚Gäste', die unser neu gestaltetes Domizil quasi testeten. Sie flogen in den Herbstferien nach Zypern, leider nur 11 Tage, weil ein guter Freund von Jochen (zum 3. Mal!) heiratete und Jochen als Trauzeuge unabkömmlich war. Obendrein wollten beide noch auf der Hochzeit für das frisch getraute Paar musizieren und so blieben nur 11 Tage übrig.

Ihr Urlaub fing schon gleich bemerkenswert an, weil unsere Hilfe vor Ort den Hauptwasserhahn im Garten wieder abgestellt hatte, nachdem ihr Werk, die Wohnung wieder auf Vordermann zu bringen, vollendet war. Zwar saßen sie nicht ganz auf dem Trockenen, aber es brauchte halt ein Weilchen, bis Jochen den Haupthahn im Vorgarten aufspüren konnte. Bis dahin tröpfelte es nur vom Wassertank auf dem Dach des Hauses.

Uns bescherte das Malheur noch gleich am nächsten Morgen nach ihrer Ankunft bei Nacht, drei Anrufe. Der erste betraf das Wasser, der zweite klang leicht irritiert bis indigniert.

„Also Euer Bad ist ja sehr schön, aber die Dusche erfordert jetzt, dass ich mich unten rum total entkleiden muss, wenn ich mir den Hintern waschen will." ließ sich die Tochter vernehmen. Es klang recht ungeduldig.

Gina hatte den Anruf entgegen genommen.

„Aber Du hast genau wie bei Dir Zuhause neben der Toilette direkt eine Dusche für Deinen Allerwertesten – wo also ist das Problem?"

Es herrschte wohl einen Moment Schweigen. Dann kam ihre Antwort:

„Das hatte ich noch gar nicht gesehen."

Da Gina mit unsern zwei Töchtern eine wahre Engelsgeduld aufbringt, unterließ sie jeglichen Kommentar. Bei mir wäre sie nicht so einfach davon gekommen.

Der dritte Anruf erfolgte aus einem mir nicht mehr erinnerlichen Grund. Wahrscheinlich ein ganz normales Mutter-Tochter-Gespräch, die bei uns immer etwas länger dauern, weil die Mutter nicht nur die Mutter, sondern vor allem auch die beste Freundin ist.

Im Verlauf des Gesprächs kam man auch auf das Thema Küche.

„Und wie gefällt sie Euch?" fragte Gina.

„Jochen findet sie ganz toll, er ist richtig begeistert."

„Und Du?"

„Wenn ich ganz ehrlich bin – ziemlich modern, also gewöhnungsbedürftig. Und dass der Geschirrspüler fehlt, finde ich nach wie vor total doof."

Nach Julian Meinung fragte Gina nicht – ein 13-jähriger Junge hat andere Interessen, als Küche und Bad in der Ferienwohnung der Großeltern.


Wir flogen eineinhalb Wochen nach der Rückkehr der Kinder wieder nach Zypern. Ob wir immer noch so begeistert sein würden?

Wir waren es.

## Über den Autor

Ulf Häusler, 1935 in Nordhessen geboren, studierte nach dem Abitur zunächst Medizin, sattelte dann aber um auf Jura und Volkswirtschaft. Nach bestandenem Diplom als Volkswirt ging er zunächst für ein Jahr in den väterlichen Betrieb. Danach wechselte er in einen großen deutschen Konzern. Er arbeitete dort gut 30 Jahre lang, ab 1992 als Mitglied des Konzernvorstandes, den er altersbedingt Ende 1998 verließ, um danach noch beratend bis zum Oktober 2000 für das Unternehmen tätig zu sein. Nebenberuflich promovierte er 1973 und erhielt 1984 einen Lehrauftrag an einer süddeutschen Universität. 1990 ernannte ihn der zuständige Kultusminister zum Honorarprofessor.

2014 veröffentlichte Häusler unter einem Pseudonym einen biografisch angelegten Roman, in der er seine Romanfigur Helge Steinmann recht ungeniert und meist auch heiter über sein Familienleben, aber auch über seine Erlebnisse in, mit und bei seinem Konzern berichten lässt.

2016 erschien Häuslers zweites Buch. Unter dem Titel „Julian und sein Großvater" versucht der Autor seinem Enkelsohn die Welt zu erklären, ihm aber auch seine familiären Wurzeln näher zu bringen, indem er den jungen Mann ab seinem 7. Lebensjahr bis zur Volljährigkeit Fragen stellen lässt und sie zu beantworten sucht. Dabei will er den Jungen durchaus auch ein wenig beeinflussen und ihm helfen, sich in einer sich ständig ändernden Welt einmal zu Recht zu finden.

2017 publizierte Häusler wieder einen Roman, „Der lange Weg", erneut unter einem Pseudonym. Hier konfrontiert er seine Leser mit allen Facetten menschlichen Daseins – die geschilderten Ereignisse bilden das Spiegelbild vom Entstehen bis zum Vergehen einer Familie im Verlauf von mehr als 180 Jahren über sechs Generationen.

Anfang 2018 legte er das Buch „Die OP" vor. In durchweg heiterer Form verarbeitet der Autor seine Eindrücke und Erlebnisse vor und nach einer Operation, der ersten in seinem Leben.

2019 erschien der Roman „Begegnungen – Ein Leben auf Zypern". Die Handlung spielt weitgehend auf der Insel: Eine junge Deutsche heiratet nach vielen Hindernissen einen Zyprioten. Mit ihm und seiner Familie, aber auch den eigenen Eltern erlebt sie fast alle Höhen und Tiefen, die ein Menschenleben zu bieten hat.

In dem nun vorliegenden Titel ‚Hurra – wir bekommen eine neue Küche' beschreibt der Autor heiter bis melancholisch die Umstände, wie er für die gemeinsame Ferienwohnung zusammen mit seiner Frau eine neue Küche erwarb.


Ulf Häusler ist verheiratet, hat zwei erwachsene Töchter und lebt und arbeitet, längst des Großstadtlebens überdrüssig, zusammen mit seiner künstlerisch tätigen Ehefrau in einem kleinen Dorf im hessischen Teil des Odenwaldes.

Zeitfracht Medien GmbH
Ferdinand-Jühlke-Straße 7
99095 Erfurt, Deutschland
produktsicherheit@kolibri360.de